btb

Aus Freude am Lesen

Neues Heim, neues Glück? Als Schlomo und sein blinder Freund Mendelssohn ihr neues Domizil in einer vornehmen Hamburger Villengegend beziehen, sind beide ganz verzückt von ihren Nachbarn: Ritchie, Laura, Katharina und das sehr, sehr hübsche Nesthäkchen Marvie erweisen sich als blitzgescheites Geschwisterquartett. Dumm nur: Ein wurstförmiger Theaterarsch stört Schlomos zartes Werben um Marvie. Er ist ihr Freund, doch auf einmal ist er tot. Da muss man sich zu helfen wissen …

Simon Borowiak, geboren 1964, war sieben Jahre Redakteur bei dem Satireblatt »Titanic« und ist Autor des Bestsellers »Frau Rettich, die Czerni und ich«. 2007 erhielt er gemeinsam mit Margit Schreiner den Belletristikpreis der LITERA. Simon Borowiak lebt in Hamburg.

SIMON BOROWIAK

DU SOLLST EVENTUELL NICHT TÖTEN

EINE RABENSCHWARZE KOMÖDIE

ROMAN

Mit Vignetten von
Simon Borowiak

btb

MIX
Papier aus verantwortungsvollen Quellen
FSC® C083411

Verlagsgruppe Random House FSC® N001967
Das für dieses Buch verwendete FSC®-zertifizierte
Papier *Lux Cream* liefert Stora Enso, Finnland.

1. Auflage
Genehmigte Taschenbuchausgabe Juni 2014,
btb Verlag in der Verlagsgruppe Random House GmbH,
München

Umschlaggestaltung: © Oliver Schmitt unter Verwendung einer
Illustration von Simon Borowiak; Shutterstock / Alina G
Druck und Einband: CPI – Clausen & Bosse, Leck
LW · Herstellung: sc
Printed in Germany
ISBN 978-3-442-74753-5

www.btb-verlag.de
www.facebook.com/btbverlag
Besuchen Sie auch unseren LiteraturBlog www.transatlantik.de

Kapitel 1

enthält einen durchgeweichten Helden,
der seinem blinden Freund biologisch-dynamisches
Diebesgut unterjubelt und eine demografisch
interessante Familie kennen lernt.

Schlomo beim
Shopping

Ich schien die Nacht mit einem Gewaltmarsch über mehrere Distanzen verbracht zu haben, denn beim Erwachen waren Körper und Bett schweißgebadet. Fröstelnd lag ich eine Weile in meinem eigenen Tau und versuchte, mich an mein nächtliches Treiben zu erinnern. Doch ich fand keinen Grund für meinen vollverschweißten Zustand; die Träume, die ich erinnern konnte, waren weder sexueller noch bedrohlicher Natur gewesen, sondern im Gegenteil von einer geradezu empörenden Nichtigkeit. Das erinnerte mich wiederum an Mendelssohn, der von sich sagt, er sei dankbar für jeden nicht gehabten Traum, denn er empfinde seine Tage als derart prall, dass er wenigstens des Nachts seine Ruhe haben wolle. Ich schnellte aus dem Bett, rannte ins Bad, wärmte meine abgesackte Kerntemperatur unter der heißen Dusche wieder auf und begab mich mit Mendelssohns Einkaufsliste in die Stadt.

Schwungvoll und zu neunzig Prozent wieder aus original Lebensfreude bestehend, stemmte ich die Einkaufstüten auf Mendelssohns Küchentisch.

Mendelssohn gab seinen Horchposten am gekippten Küchenfenster auf, zog seine Teleskopohren ein und zischte mich an: »Leise! Bei den Nachbarn rumpelt gerade der Haussegen!« Und wenn ich mich nicht sehr täuschte, entfuhr ihm sogar ein genießerisches Schmatzen. Ja, Herr Mendelssohn – seit seinem zwanzigsten Lebensjahr blind wie eine Kolonie Maulwürfe – hatte im Laufe der blinden Jahre das Gehör eines Luchses sowie gewisse Abhörtechniken entwickelt, die ihn zu einem Leben als Geheimagent befähigt hätten. Wir hatten schon oft und ernsthaft die Eröffnung einer kleinen, feinen Privatdetektei in Erwägung gezogen. Die entsprechenden Räumlichkeiten hätten wir ja schon, denn Mendelssohn hatte sich von seinem Cousin ein Erbe ausbezahlen lassen und damit ein wirklich schönes Stadthaus gekauft, das Makler mit solch schmierigen Formulierungen wie »ein Kleinod« oder »with standing« an den Neureichen zu bringen pflegen.

Das Erdgeschoss bestand aus einem beeindruckend dunkel getäfelten Vestibül, von dem befensterte Schiebetüren links und rechts in große Räume führten. Und einer kleinen Tür in die Küche. Aus den beiden Riesenräumen ließen sich im Handumdrehen echte Detektivbüros machen. Mit schweren Rollkasten-Schreibtischen, potthässlichen Onyx-Aschenbechern, die weniger nach Aschenbecher aussahen als vielmehr nach einem typischen »schweren stumpfen Gegenstand«. Nicht zu vergessen der notorische Garderobenständer, an dem pflichtgemäß ein Hut und ein Regenmantel zu hängen hatten. Ins Vestibül würden wir eine üppige Blondine setzen, die als Sekretärin über einen Vornamen wie »Lizzy« verfügen sollte.

Im ersten Stock gab es ein Schlafzimmer, ein Gästezimmer, ein Zimmer für alles Mögliche (Asservaten?) und ein großes Bad, in dem sich locker eine Art »Labor« unterbringen ließe. Und in den beiden Mansarden unter dem Dach könnten wir obendrein ein paar Helfershelfer, Kronzeugen oder Leiharbeiter parken.

Ich kannte diese Villa inzwischen besser als meine eigene schäbige Einraumbutze, denn ich hatte sie Mendelssohn vor der Kaufentscheidung Stein für Stein beschreiben müssen. Sehr zum Leidwesen des Maklers. Den ich mit einem besonderen Gespür dafür, wo ein Makler seine empfindlichen Weichteile hat, ausführlich gequält hatte: »Also, der Fußboden hier ist schlecht, schlecht, schlecht! Da musst du noch mal ordentlich reinstecken«, oder »Die Fenster sind natürlich der letzte Schrott. Das wird nicht billig!«, oder »Was essen Makler eigentlich zum Frühstück? Kreide? Pomade?«. Wie unschwer zu erkennen, zählen Makler zu meinen natürlichen Feinden. Ich verstehe nicht, warum ein Typ in Ölanzug, mit Ölfrisur und Ölstimme einhunderttausend Euro dafür bekommt, dass er eine Tür aufschließt. Ich bin der Meinung, sämtliche Makler gehören erstens arbeitslos gemacht und dann zweitens in ein Resozialisierungsprogramm. Wo ihnen engagierte Sozialarbeiter das Maklervokabular austreiben sowie ein Gefühl für ehrliche, sinnvolle Arbeit vermitteln.

Seit einer Woche gehörte dieses Kleinod/Schmuckstück/Idyll nun Mendelssohn. Und überall standen noch immer pralle Umzugskisten, an denen er sich in regelmäßigen Abständen stieß und fluchte. Ein Grund dafür, dass ich ihm verbot, in diesem Sommer kurze Hosen zu tragen, denn seine Beine sahen so schillernd aus, als wäre er den Jakobsweg auf Knien durchgerutscht, eisern und in Todesverachtung von Blankenese bis zum bitteren Santiago de Compostela.

Unser vorläufiges Hauptquartier hatten wir in der Küche aufgeschlagen. Eine große, fast herrschaftliche Küche, in der etwa fünf Köche plus Sous-Chefs plus Küchenjungen ein Bankett hätten herrichten können, ohne sich gegenseitig in die Wachteln oder das Flammerie zu laufen. Schränke, Tische, Kacheln – alles von blendendem Weiß. Eine kleine Treppe führte in den Garten, der bei mir tatsächlich so etwas Unappetitliches wie »Sozialneid« aufkommen ließ: alter, hoher Baumbestand, opulent, aber licht genug, um die Sonne auf das Gras zu lassen; sowie die Strahlen durch die Blätter schimmerten, konnte man meinen, man schaue in ein ruhiges grünes Schwimmbassin. Das Bassin wurde begrenzt durch eine circa ein Meter achtzig hohe, schmale Backsteinwand. Dahinter lag Mendelssohns aktuelles Zielobjekt: die Nachbarn.

Mendelssohn war mir gegenüber hier eindeutig im Vorteil, da es nix zu sehen, aber alles zu hören gab.

Ich begann, Mendelssohns Einkäufe aus- und einzuräumen, während er seine Trichter wieder in Richtung Nachbarschaft ausfuhr. Dann klärte er mich auf: »Also: Da wohnen schätzungsweise drei Personen. Mindestens zwei weibliche und eine männliche. Die männliche hat übrigens eine sehr hübsche Stimme. Sonor, aber trotzdem jugendlich.«

»Soll ich mich über die Mauer hängen und ihn dir beschreiben?«

»Das wäre zu auffällig«, sagte Mendelssohn ernsthaft. Wenn es um eventuell attraktive Männer geht, versteht Mendelssohn keinen Spaß.

»Und was ist mit dem Haussegen?«, fragte ich und stopfte Mendelssohns Müslivorräte in die dickwandigen Glasschütten des alten Hängeschranks.

»Es geht um … soviel ich mitbekommen habe: eine Beziehung.«

»Wie langweilig! Gibt es was langweiligeres, als anderer Leute Beziehung?«

»Das klingt nicht nach langweiliger Beziehung! Eher nach ziemlich bewegter! Glaube ich jedenfalls. Immerhin sind sich alle darüber einig, dass diese Beziehung gelöst werden muss. Streit herrscht allerdings über die Frage, WIE sie am besten zu zerstören sei.«

»Wir sollten Cromwell anrufen.« Mein bester Freund – noch vor Mendelssohn – ist ein herrlich beziehungsgestörter Mensch. Er ist ein Paarungsschreck par excellence, ein wahrer Liebschaftsterminator; er sollte eigentlich T-Shirts mit Aufdrucken wie: »Es ist nicht, was du denkst!«, tragen. Nachdem ich jahrelang sein Balz- und Trennungsverhalten studiert habe, kann ich behaupten: Für eine ordentlich gescheiterte Beziehung rutscht Cromwell auf den Knien von Blankenese nach Santiago.

Mendelssohn begann, prüfend die Einkäufe abzutasten. »Da ist aber nichts aus einem Container dabei?«, fragte er streng. »Nein, nein!«, log ich mit fester Stimme.

Ich gehöre nämlich seit neuestem zu der »Generation Container«: Ich betrete kaum noch Geschäfte durch die Vordertür, sondern radle direkt hinter die Supermärkte und prüfe dort die Abfalltonnen. Meistens sehr erfolgreich. Der Laie ahnt ja nicht, WAS alles weggeworfen wird: angequetschtes Obst, leicht deformiertes Gemüse, just abgelaufene Molkereiprodukte – und die ganze Pracht in absolut genießbarem Zustand und kaum gesundheitsschädlich! Einerseits ist es ganz klar eine nationale Schande, was unsere saubere Gesellschaft angesichts des weltweiten Hungers da so täglich auf den Müll haut. Andererseits habe ich es immerhin geschafft, mich in klammen Monaten völlig kostenlos davon zu ernähren, und dies noch nicht mal schlecht: Da gibt es teure Joghurt-Drinks, die ich mir im echten

Leben nie leisten könnte, Paprika, Möhren, Salatköpfe satt, Marzipan (zugegeben etwas trocken), Lachs, Nudelgerichte, wunderbar zähe Mohrenköpfe, und einmal kam ich mit vierzig intakten Bio-Eiern nach Hause. So sehe ich mich weniger als einen dreckigen Tonnenwühler, sondern vielmehr als einen Helden des Überflusses: Meinetwegen ist so manche Möhre, manche Paprika und mancher Handkäse wenigstens nicht umsonst gestorben!

Da die Märkte ihren Ausschuss meist palettenweise in die Tonne werfen, gibt es von einem Produkt immer sehr viel mehr, als ich für den Eigenbedarf mitnehmen könnte. Und so juble ich Mendelssohn bisweilen etwas Gratisgemüse oder sauber eingeschweißten Käse und dergleichen unter. Dabei trage ich aber immer seiner Lebensmittelhysterie Rechnung und schiebe ihm nur Produkte unter, die seinem völlig überzogenen Hygienewahn gerecht werden: originalverpackt, gut verschweißt, unbedenklich und abwaschbar.

Heute war es ein Büschel zart gefleckter Bio-Bananen.

Auch sie passierten anstandslos Mendelssohns Qualitätskontrolle.

Dabei wären wir beide ein Container-Dream-Team: Ich hänge kopfüber in den Tonnen, während Mendelssohn an der Hintertüre lauscht und beim ersten Geräusch Alarm gibt, so dass ich nie mehr – wie schon mehrmals geschehen – von einem Mittagspäuschen machenden oder heimlich rauchenden oder mit vollem Abfalleimer anmarschierenden Verkäufer erwischt würde, der irritiert und angewidert meinen über dem Tonnenrand hin- und herzappelnden Bürzel betrachtet, während ich versuche, ein so solides Gesicht zu machen wie ein Zehnjähriger beim Nachsitzen.

Aus dem Nachbargarten war nun nichts mehr zu hören. Man hatte die Beziehungsdiskussion wohl nach Innen verlegt.

»Wir sollten rübergehen und uns vorstellen. Von wegen guter Ton und Kinderstube, nicht wahr!«

»Wenn's danach ginge, müssten DIE zu DIR kommen, mit Brot und Salz.« Ich verräumte Mendelssohns ekelhafte Müslischnitten und wurde nachdenklich: »Wieso eigentlich Brot und Salz? Es könnte ja theoretisch auch eine Wurstsemmel sein. Oder ein kaltes Schnitzel mit Kartoffelsalat.«

Mendelssohn, wie aus der Pistole geschossen: »Brot, damit nie Hunger herrscht, und Salz für den Wohlstand. Weil das früher so teuer war wie Gold.« Und er fügte träumerisch hinzu: »Damals hätte mich die Villa maximal ein Viertelpfund Salz gekostet. Und für ein Päckchen Jodsalz hätte der Makler wahrscheinlich die Nachbarn noch obendrauf gelegt.« Er dachte einen Moment nach: »Außerdem muss es auch was Christliches sein. In der Bibel steht ja schließlich: ›Ich bin das Brot des Lebens und ihr seid das Salz der Erde.‹«

Mendelssohn kennt sich – obwohl aus einem unchristlichen Haushalt stammend – wie kein Zweiter aus mit dem Christentum, und sein bevorzugtes Gebiet, ja, geradezu sein Steckenpferd, ist der Katholizismus. Schon als Kind liebte er den Pomp eines Hochamtes, die schicken Verkleidungen von Priestern und Messdienern, die nudeldick aus den Pfeifen quellenden Orgeltöne, den Weihrauch, der einem Kind schon mal einer Dröhnung gleich ins Hirn fahren kann, so dass sich im überforderten Kinderorganismus Eindrücke bester Art ein Stelldichein geben: Es ist laut, es ist bunt, es ist feierlich, und man ist high.

Heutzutage lauscht er an hohen Feiertagen gerne den Übertragungen aus dem Vatikan; in einer grotesken Mischung aus Faszination und Ekel, denn noch immer liebt er die Rituale, dies Klingeln und Hinknien, Aufstehen unter erneutem Gebimmel, während seine Erwachsenenratio die bewusstseinsverengenden Grundsätze der hl. Römischen Kirche verachtet ...

»Nee«, sagte Mendelssohn, »die Nachbarn sind zu jung für Brot und Salz. Das kennen die garantiert nicht. Wir gehen mal rüber. Dann können wir nachprüfen, ob ich richtig gehört habe. Übrigens: Wenn ich richtig gehört habe, dann wohnt links von uns niemand. Kein Ton. Vielleicht ein Geisterhaus?«

Das Haus zu unserer Linken war ebenfalls eine einstöckige Villa und ebenfalls von diesem typischen Hamburger Weiß; die ganze mit Kopfstein gepflasterte Straße entlang zogen sich weiße Häuser, die allesamt trotz ihrer Schlichtheit einen so profunden Wohlstand ausstrahlten, wie es wohl nur hanseatische Gebäude zuwege bringen.

Wir gingen in das nach links weisende Zimmer; Mendelssohn lauschte, ich schaute. Das Geisterhaus sah tatsächlich unbewohnt aus. Doch plötzlich hielt vor dem Gartentor ein Auto. Genauer gesagt: ein Cabriolet. Und nicht nur Mendelssohn zuckte zusammen, auch mir gingen die aus dem offenen Wagen aufsteigenden Geräusche durch und durch: Da hörte einer in der Lautstärke eines aus dem Ruder laufenden Hochamtes inklusive kaputter Orgel eine gottverdammte Rap-Musik! Die Bässe wummerten in unser Zimmer hinein, Sprachfetzen klatschten uns um die Ohren, der Motor brummte, während der Chauffeur keine Anstalten machte, auszusteigen und/oder Ruhe zu geben, sondern im Gegenteil sogar zur Krönung noch drei lange Huptöne über die Kakophonie legte. »Arschloch!«, rief ich erzürnt. Der Chauffeur rührte sich nur einmal, und zwar um erneut zu hupen. Mein Blutdruck schoss in die Höh', meine Hände ballten sich zu Fäusten: Solcherart Lärm tut mir fast körperlich weh und beschert mir Gewaltfantasien, so schlimme Gewaltfantasien, dass sie es bestimmt mit denen von Stalins Geheimdienstchef Berija aufnehmen könnten, der ja bekanntlich sogar »Arbeit« mit nach Hause nahm bzw. in seinem Privatkeller nach Dienstschluss noch ein wenig weiterfolterte …

Mendelssohn war auch auf hundertachzig. Dieser sonst so besonnene Bursche schrie: »Töte ihn!«, und wir drohten und fluchten uns wechselseitig in Rage. Nach einer sehr langen Weile öffnete sich die Tür des Geisterhauses und heraus trat – ein kurzes Sommerkleidchen. Das Sommerkleidchen flatterte in Segelschuhen auf das Cabrio zu, beugte sich über den Wagenrand, küsste den Chauffeur und stieg dann sehr langsam in das aus allen Rohren brüllende Auto. Sodann erfolgte ein Kavalierstart und das Wummern entfernte sich. »Oha«, sagte Mendelssohn. »Will der das öfter machen?«

Ich beruhigte ihn: »Falls ja, wird uns schon was einfallen. Keine Sorge. Ich kann da Fantasien entwickeln – ich sage nur: Berija!«

Und Mendelssohn ergänzte verträumt: »Nadeln unter die Fingernägel. Oder du lässt ihn seinen CD-Player schlucken.«

»Beides gut!«

»Bei denen geh ich mich aber nicht vorstellen!«

»A propos: Fünfzehn Uhr. Wollen wir?«

»Also los!«

Ich hakte Mendelssohn unter, wir marschierten aus dem Haus durch den kleinen verwilderten Vorgarten und bogen in den ebenfalls verwilderten unserer Nachbarn ein. Auf einem Schild unter dem Klingelknopf stand krakelig der Name »Lövenich«. Ich drückte den Knopf, und statt einer Klingel ertönte eine Art Pausengong wie in einer Schule. Ein unvermutetes Geräusch, das sofort Assoziationen freisetzte: ABC-Schützen, Bohnerwachs, Werken und Brennball. »Schon sympathisch!«, murmelte Mendelssohn.

Dann öffnete sich die Tür und wir standen vor einem langen dünnen Kerlchen von etwa zwanzig Jahren. Eine schmutzige Jeans und ein ebenfalls unreines T-Shirt schlabberten um ihn herum. Er betrachtete uns und sagte vorsichtig: »Ja bitte?«

Mendelssohn holte tief Luft und legte los: Er sei der neue Nachbar. Und wolle sich kurz vorstellen. Und er habe das Haus da gekauft (er deutete wuschig in Richtung Villa, denn »offizielle« Situationen machten ihn stets befangen) und würde sich über eine gute Nachbarschaft freuen. Das Kerlchen schien seltsam erleichtert, trat zur Seite und sagte: »Ja, das ist ja nett! Wollen Sie nicht reinkommen?«

Mendelssohn nickte heftig und wir traten in einen Vorraum, der im Gegensatz zu Mendelssohns Vestibül in hellen Farben gestrichen und mit allerlei Fahrrädern, Fahrradanhängern und unrestaurierten Möbelstücken vollgestopft war. Das Kerlchen schlingerte voraus durch das Wirrwarr und führte uns durch ein großes Wohnzimmer in den Garten. Unter einem riesigen Sonnenschirm standen einige höchst bequem aussehende Gartenmöbel, und darauf lagerten zwei Damen unbestimmbaren Alters.

Ich habe immer wieder Schwierigkeiten, für Mendelssohn das Alter von Menschen einzuschätzen. Ständig liege ich falsch. Mal vertue ich mich um zehn Jahre nach oben, mal um zwanzig nach unten. Diese Mädchen hier schätzte ich auf – na, sagen wir mal: die eine auf dreißig, die andere auf vierzig. Insgesamt also eine Alterszusammensetzung, die viel Raum für Spekulationen ließ: War das Bürschlein ein Sohn? Oder ein Bruder? Oder ein etwas seltsamer Gigolo? Oder waren die Mädels seine Mütter? Oder Cousinen? Oder gar solche Flittchen wie das Sommerkleidchen von gegenüber? Nein, wie Flittchen sahen sie mir nicht aus. Die Ältere trug einen sympathischen Pferdeschwanz zum sommerbesprossten, ernsten Gesicht, die Jüngere einen korrekt-kantig geschnittenen Pagenkopf, allerdings war ihr Blick irgendwie unernst, beinahe schalkhaft. Die beiden richteten sich aus ihren Gelagemöbeln auf, setzten sich zurecht, sahen uns erwartungsvoll an und musterten vor allem Mendelssohns Blindenstock. Das Bürschlein stellte uns als die neuen Nachbarn vor und dann nannte ein jeder seinen Namen. Die Ältere hieß Katharina, die jüngere Laura, und das Bürschlein stellte sich als »Ritchie« vor. Und man möge doch Platz nehmen.

Ich schob Mendelssohn auf eine Holzbank und setzte mich daneben. Der Knabe Ritchie holte zwei Tassen aus dem Haus und schenkte uns Tee ein.

Behutsam bahnte sich das Gespräch an, um bereits keine zehn Minuten später in ein gelockertes Plaudern überzugehen. Offenbar hatten die neuen Nachbarn ihre Zwetschgen beisammen. Sie wirkten auf mich durchaus zurechnungsfähig, sprachen klar und gewandt, zeigten einen angenehmen Humor, gute Tischsitten und überhaupt gefeilte Manieren. Nach einer halben Stunde hatten sie jegliche Scheu abgelegt, befragten Mendelssohn zu seinem Handicap und gaben Gutachten über die übrigen Nachbarn ab: Die Frau aus dem Geisterhaus, das Sommerkleidchen, hieß in Wirklichkeit Marita, man könne sie aber auch ungestraft und zu Recht als »Plumpskuh« bezeichnen. Und ja, der rücksichtslose, Krawall verbreitende Freund der Plumpskuh sei ihnen auch bekannt. Ein wenig von seinem notorischen Klangteppich würde sogar bis in ihr Haus dringen …

Außerdem wohnten in der Straße noch:

1 Journalist nebst Gattin;

1 Zahnarzt nebst Gattin plus Tochter;

1 Verwaltungshirsch, der soo falsch und bösartig sei, dass er sogar einen schweren Krebs besiegt habe, einfach deswegen, weil er selbst noch bösartiger als jener Krebs gewesen sei;

1 Chirurg nebst Freundin

sowie diverse Rentnerinnen und Rentner nebst Hunden und Katzen.

Die familiären Verhältnisse unserer neuen Nachbarn erwiesen sich auch als sehr klar:

Sie waren vier Geschwister (ein Junge und drei Mädchen), lebten seit zehn Jahren in dem Haus, welches ihr Vater für sie gekauft habe, und da man so gut miteinander auskäme, gäbe es auch keinen Grund, an dieser Wohngemeinschaft irgendetwas zu ändern. Dann fragte Mendelssohn nach ihren Berufen.

Katharina-Pferdeschwanz grinste. Laura-Pagenkopf ebenfalls. Ritchie begann umständlich zu erklären: Sie seien noch alle in der Ausbildung.

»Aha«, sagte Mendelssohn und hinter seiner schwarzen Brille türmten sich Fragezeichen.

»Ja«, sagte Laura, »wir sind alle ein bisschen – spätberufen.«

Katharina lächelte fein: »ICH werde demnächst Psychologie studieren. Jura hab ich schon und BWL auch.

Außerdem bin ich Goldschmiedin. Aber ich denke, Psychologie wird für mich der richtige Bringer!«

»Aha«, wiederholte Mendelssohn mit noch mehr Fragezeichen.

Laura erklärte, sie habe Kunstgeschichte fertig studiert und werde sich als nächstes wahrscheinlich der Germanistik widmen. Es sei denn, dieses Studium würde ihr – wie sie von einigen Kommilitonen bereits gehört habe – die Freude an der Sprache verderben. Denn dann würde es wohl auf das Studium der Zahnmedizin hinauslaufen. Es könne ja nie schaden, einen Zahnmediziner in der Familie zu haben. Außerdem bastle sie gerne; Reparieren oder Restaurieren sei sowieso ihr Hobby. Und nach einer kleinen Pause fügte sie hinzu: »Obwohl mir die Patisserie auch schmecken könnte!«

Diesmal entfuhr mir ein »Aha«. Und als der Knabe Ritchie erzählte, er werde erst eine Ausbildung zum Autoschlosser machen, um danach eventuell Erzieher zu lernen, blieben sowohl Mendelssohn wie auch ich stumm. Was trieben diese Nachbarn denn sonst noch alles? Hatten sie sich vorgenommen, dass bis zur Rente jeder Berufsstand mindestens ein Mal in ihrer Familie vertreten sein sollte? »Und unsere Jüngste, die Marvie, ist auf der Schauspielschule«, ergänzte Katharina. »Und ihr? Was macht ihr so?«

Mendelssohn erzählte, dass er eigentlich mit Leib und Seele Antiquar gewesen sei, bis ihm die Erblindung leider einen Strich durch die Rechnung gemacht habe. Jetzt sei er einfach eine Mischung aus Frührentner und Privatier.

»Und mein Kollege hier« – dabei wies er auf mich, aber ich kam ihm zuvor: »Ich bin bei der Post!«, sagte ich rasch. Das sage ich immer wieder gerne, weil dann keine Nachfragen kommen. Und weil ich es zu kompliziert finde, meinen wahren Broterwerb zu schildern: »Ich schreibe manchmal Texte, aber hauptsächlich hänge ich mit meinen Freunden ab.« Denn danach folgt sofort die Frage: »Welche Art von Texten?«, und ich bin aufgeschmissen. Ich weiß nicht genau, wie man das nennt, was ich mache.

Da wir uns noch in der Frühsommerphase befanden, wanderte die Sonne recht zügig wieder hinter die Erde und der kälteempfindliche Mendelssohn begann zu frösteln. Katharina bot ihm zwar eine Jacke an, aber Mendelssohn und ich brachen auf, unter dem Hinweis, dass da noch einige Kisten auf ihre Entleerung warteten. Die Geschwister Lövenich signalisierten Verständnis und entließen uns mit der Aufforderung, sich bei Fragen, Problemen oder irgendwelchen sozialen Bedürfnissen immer gerne an sie zu wenden.

Ritchie brachte uns zur Tür.

Da hast du aber eine interessante Nachbarschaft«, sagte ich. Mendelssohn bestätigte: »Sie sind weder ruhig noch unauffällig, also auf gar keinen Fall amoklaufende Soziopathen. Und jetzt schilder' mir ihr Äußeres! Mal sehen, wie richtig ich mit meinem Bild liege!«

Wir gingen in das Richtung »Plumpskuh« weisende Zimmer, das ich mit Blick auf unsere zukünftige Detektei schon mal »Mein Büro« nannte. Mendelssohn setzte sich auf einen Karton, während ich begann, seine Regale zusammenzuschrauben.

»Mit wem soll ich anfangen?«

Mendelssohn tat so, als würde er überlegen und sagte dann erwartungsgemäß: »Mit dem Knaben Ritchie.«

»Okay: Circa zwanzig Jahre alt. Etwa ein Meter achtzig Länge. Braune Haare, braune Augen.«

»Ah!«, machte Mendelssohn.

»Eher dünn als schlank. Leger bis schlampig gekleidet. Ansonsten ein – würde ich mal sagen – frisches, offenes Gesicht. Dann: Katharina, um die vierzig. Hellbraune Haare, braune Augen. Schlank mit ganz leichter Tendenz zum – Stämmigen. Etwa ein Meter fünfundsiebzig. Dann: Laura. Schätze, um die dreißig. Dunkelbraune Haare, nackenlang und wie von Ebenholz. Und jetzt, wo du mich fragst: Ziemlich attraktiv.«

»Warte mal: zwanzig, dreißig und vierzig Jahre? Interessante Kombination! Oder du liegst mal wieder voll daneben und sie sind alle vierundzwanzig. Und dreieiige Zwillinge.«

Das erste Regal stand. Beziehungsweise lehnte. An der Wand. Weil es ansonsten einen Spagat gemacht hätte. Ich beschloss, Mendelssohn nichts davon zu sagen und machte mich an den großen Bruder des Regals: Ein stabiles Element mit Türen. Das würde für Solidität sorgen. Da könnte sich das kleine Spagatregal gut anlehnen.

In diesem Augenblick kam die Plumpskuh zurück nach

Hause – das war unschwer zu hören. Wieder grölte es aus dem Cabrio, wieder stand das Auto ein paar Minuten im Leerlauf, dann wieder ein Kavalierstart – keine Frage: Marita und ihr Freund gehörten an die Wand gestellt.

Wir mussten uns dringend etwas einfallen lassen.

Kapitel 2

bietet eine Bastelanleitung, wie man Cabriofahrern das Maul stopft. Außerdem kettet sich unser Schlomo aus Versehen & aufkeimender Liebe an einen Zaun und erfährt aus dem Internet, dass er bald sterben muss.

Der hochgerüstete Thorsten

Als ich am Morgen erwachte, schien meine Einraumbutze über Nacht geschrumpft zu sein. Jedenfalls sah sie nach weniger aus. Ja, von meinem Bett aus sah sie eher nach einer finsteren Nische aus. Auch mein Bett schien verändert. Über Nacht musste es jemand gegen eine schmale Pritsche ausgetauscht haben. Obendrein war diese Pritsche klitschnass. Mein detektivischer Spürsinn sagte mir sofort, dass es sich hier schon wieder um einen klaren Fall von sogenanntem »Nachtschweiß« handelte. Seltsam. Wie kam ein längst nicht mehr drogenabhängiger Mensch – noch dazu mit meinem inzwischen hervorragenden Blutbild – zu einem derartigen Nachtschweiß? Besorgt runzelte ich die Stirn – und bemerkte einen dubiosen Schmerz in meinem Schädel. Der nasse Schlafanzug presste sich wie ein tiefgekühltes Totenhemd auf meine Haut. Ich nahm innerlich Anlauf, sprang von der Pritsche, riss mir die beinahe triefenden Fetzen vom Leib und stellte meinen klammen Körper unter die Dusche.

Auf der Fahrt zu Mendelssohn klang der rätselhafte Schädelschmerz ab. Mein Fahrrad sauste über Hamburgs Radwege, und als ich meine Slums verlassen und Mendelssohns Villenviertel erreicht hatte, fühlte ich mich schon wieder frisch wie ein Millionär. – Oder jedenfalls so, wie ich mir eine morgendliche Millionärsbefindlichkeit vorstelle.

Bei Mendelssohn angekommen, traf ich auch die vierte Person aus dem Lövenich-Haushalt. Das musste die Jüngste, Marvie, sein: ein sehr graziles Geschöpf, feingliedrig bis zur Zerbrechlichkeit, lange braune Haare, große braune Augen, die kugelrund über eine schmale Nase, die an ein Schnäbelchen gemahnte, hinwegschauten. Ein Mädchen wie aus einem meiner alten Bilderbücher. Ein sehr schönes Kind. Und meiner inkompetenten Altersschätzung nach zwischen fünfzehn und fünfundzwanzig. Ich kettete gerade mein Fahrrad an Mendelssohns Gartentor, als sie – ebenfalls in Begleitung eines Fahrrades – aus der Lövenich-Tür trat. Sie schaute interessiert und freundlich zu mir herüber, grüßte mit einer spannenderweise ebenso hellen wie rauen Stimme, ich grüßte zurück und bemerkte im selben Moment eine gewisse Befangenheit: Vater unser, ist DAS vielleicht ein Feger! Prompt wurden meine Bewegungen ungelenk. Ich hantierte an dem Schloss herum, als wären mir die Finger erfroren. Und ärgerte mich über mich selbst. Marvie war nicht nur NOCH SCHÖNER als ihre Schwestern, sie schaffte es tatsächlich, einfach so, nur dank einer unerklärlichen Aura, mich in einen Bewegungstrottel und Körperkasper zu verwandeln. So schloss ich einen Zipfel meines Sweatshirts mit an den Gartenzaun. Wie mir dieses Kunststück genau gelang, ließ sich später nicht mehr rekonstruieren, aber ich schwöre: Es funktioniert! Man kann sich mithilfe eines Kleidungszipfels selbst an ein Tor ketten! Marvie lächelte herzzerreißend lieb und radelte davon. Und ich beschloss, von Stund an nicht länger Single zu bleiben.

Mendelssohn spürte, dass irgendetwas in meinem Inneren schwärte. Und nach nur vier bis fünf indiskreten Andeutungen sagte er mir auf den Kopf zu, dass ich unverzüglich auszupacken hätte.

Die alte Klatschbase.

Ich packte vorsichtig aus und Mendelssohn grinste von einem Luchsohr zum anderen. Er hub an, um etwas garantiert Gemeines anzumerken, aber dieser Moment wurde ihm gründlich verdorben. Denn von draußen erscholl – noch lauter als am Vortag – die entsetzliche Musikauswahl des Cabrio-Kretins. Und plötzlich entstand in mir, wie von einem großen Gott blitzschnell eingegeben, ein verteufelt guter Plan! Ich wusste jetzt, wie wir mit vereinten Kräften den Radaubruder umerziehen konnten! Auf dass er niemals mehr vor unserer Tür lärmte! Wenn Mendelssohn sich traute, dann würden wir innerhalb von einer Woche unsere Ruhe haben!

Zur Entstehung dieses genialen Plans muss man Folgendes wissen: Mendelssohn ist in freier Wildbahn, wenn er allein auf den Straßen der Stadt unterwegs ist, ganz auf sein Gehör angewiesen. Sein Stock warnt ihn nicht nur vor unvorhergesehenen Hindernissen wie falsch parkenden Autos, Fahrrädern oder quer liegenden Obdachlosen, der Klang des Stockes auf dem Pflaster gibt ihm auch Auskunft über solche Feinheiten wie Toreinfahrten oder Mauern. Zum Beispiel kann das Tackern hohl oder dumpf klingen oder ein fast unhörbares Echo erzeugen – im Laufe der Jahre hat sich Mendelssohns Gehör geschärft und in seinem Rechenzentrum allmählich den Raum eingenommen, der früher für das Sehen zuständig war. Er merkt, ob ihn sein Gegenüber beim Sprechen ansieht oder nicht, er hört bei einem Orgelkonzert, wie die Kirche proportioniert ist, er hört die Flöhe husten und das Gras wachsen. Darum ist er auch so ein begeisterter wie unbestechlicher Theater- und Opernbesucher. Er hört mehr, als ich sehen kann. Dies ist aber auch seine Achillesferse: Sobald es auf der Straße zum Beispiel brachialen Lärm gibt – sei's ein Presslufthammer, sei's eine Bande johlender HSV-Fans, verliert er die Orientierung. Einmal ist er sogar aus Versehen etwa zweihundert Meter beim Christopher-Street-Day mitmarschiert, bis er merkte, dass er sich nicht mehr im Passantenstrom auf dem Bürgersteig befand, sondern zwischen bunten Nackedeis für mehr Toleranz demonstrierte. Und ein dröhnendes Cabrio irritiert ihn ebenso wie eine

Abrissbirne oder ein Zug von schrill hupenden Transvestiten. Genau *diese* Achillesferse würden wir uns als Alibi zunutze machen!

Alles, was wir dafür brauchten, waren zwei Handys, ein Headset und ein Becher heißen Kaffees. Oder besser noch: ein Becher heißer, fettiger Bouillon.

Den Vormittag verbrachten wir damit, unsere Choreografie einzustudieren. Am Nachmittag hingen wir am Fenster und warteten. Endlich war es so weit: Der Radaubruder fuhr vor, um die Plumpskuh abzuladen. »Und los!«, befahl ich, füllte einen Pappbecher mit stinkiger Brühe und drückte ihn Mendelssohn in die Hand. Und Mendelssohn marschierte los. In der einen Hand die Brühe, in der anderen das Stöckchen, und im Ohr einen Knopf mit Verbindung zu meinem Handy. Ich lotste ihn aus dem Haus und in die Richtung des wummernden Autos. Die Plumpskuh hatte inzwischen ihre Haustür erreicht und winkte ihrem krawallesken Galan zu. Der Krawalleske winkte zurück. Sorglos. Noch.

Von hinten näherte sich Mendelssohn. Auf gleicher Höhe mit dem Cabrio geriet er ins Trudeln, schien verwirrt, drehte sich einmal um sich selbst und platzierte sodann – von mir aus dem Hinterhalt dirigiert und filmreif stolpernd – die Brühe mit einem Schwupps auf dem Beifahrersitz. Der stolze Besitzer schrie auf, die Plumpskuh schrie auf, und Mendelssohn startete eine Entschuldigungsarie: Das sei ihm aber unangenehm! Und ob er irgendeinen Schaden angerichtet habe! Der Dolby-Digital-Depp zog hektisch einen Lappen aus dem Handschuhfach und tupfte nun wild auf dem hellen Leder des Beifahrersitzes herum, auf dem sich ein schillernder Placken grünlich dehnte: Schnipsel von Kräutern gepaart mit Fettaugen; es sah original so aus, als hätte sich jemand in hohem Bogen in das Cabrio hinein übergeben. Der Depp wollte schreien, bemerkte Mendelssohns Handicap und zwang sich zu einem ruhigeren Ton, während Mendelssohn etwas von seiner Haftpflichtversicherung laberte. Und erklärte, dass ihn Lärm oder auch schöne Musik von zu großer Lautstärke geradezu kopflos mache. Egal, wie klasse er die Musik auch fände: Ab einer gewissen Lautstärke gehe er seiner Orientierung verlustig, ja, gerate er in eine Art Taumeln …

Die Plumpskuh erschien mit einer Rolle Küchenkrepp und verschmierte den Placken zu einer großen hellgrünen Fläche. Der Depp schimpfte sie dafür aus, er und Mendelssohn tauschten kurz und knackig Adresse und Versicherungsdaten, der Depp stellte die Musik aus, setzte ein süß-saures Gesicht auf und brauste schließlich mit seinem glutamatgetränkten Bollerwagen davon. Ohne Kavalierstart.

Wir studierten seine Visitenkarte. Depp hieß mit bürgerlichem Namen Thorsten und schien der Chef einer Firma namens »global account supervising«. Wir hatten also keinen Schimmer, womit unser Thorsten sein Geld verdiente, vermuteten aber irgendetwas höchst Unappetitliches.

Ich klemmte die Karte hinter den hohen Spiegel im Vestibül: »Die werden wir noch brauchen.« Mendelssohn schmunzelte und entbot den Gruß der seinerzeit Jungen Pioniere: »Immer bereit!«

Und ich hatte sogar die wunderschöne Marvie vergessen.

Erst als ich Mendelssohn gen Abend verließ, wurde ich wieder mit ihrer mich beunruhigenden Existenz konfrontiert. Just als ich an meinem Fahrradschloss fummelte, kam sie die Straße entlanggeradelt. Sie wirkte etwas erschöpft, aber zufrieden. Das hochgerutschte Sommerkleid ließ Bein frei. Im Dekolleté machten sich leicht hupfend ein paar erahnbar entzückende Brüste bemerkbar. Mir wurde so weich in den Knien, wie ich es lange nicht mehr erlebt hatte. Und die Tatsache, dass ich jetzt nicht zu ihr rübergehen konnte, um sie ins Haus zu begleiten, woselbst wir in ihrem Zimmer erst ein wenig quatschen und dann ein bisschen was ausziehen würden, bereitete mir plötzlich Pein. Eine Sehnsucht, die sich irgendwie – hohl anfühlte. Als wäre ich ein Schoko-Nikolaus. Oder ein ausgehöhlter Kürbis. Oder ein kaputter Zahn ohne Plombe. Oder… mein offenbar verwirrter Geist setzte einen Strudel von hinkenden Vergleichen frei.

Marvie grüßte mich wieder, wie am Morgen, und als wüsste sie genau, wer oder was ich war. Sicher hatten ihr die Geschwister von uns berichtet.

Was hatte ich gestern eigentlich alles gesagt? Was für eine Figur hatte ich gemacht? War ich zu lasch, uninteressant oder vage gewesen? Ich konnte mich nicht erinnern! Ich hatte einen Filmriss! Ohne Drogen und bei lebendigem Leibe! Das Fahrradschloss klemmte. Ich doktorte daran herum. Marvie musste ja glauben, ich sei hauptsächlich damit beschäftigt, an Fahrradschlössern herumzupuhlen. Sie verschwand im Haus. Ich fuhr nach Hause und fühlte mich noch hohler als hohl.

Um diesem Gefühl der Leere zu entkommen, radelte ich beim Supermarkt meines Vertrauens vorbei. Der Hinterhof war verlassen, der Container proppenvoll. Ich stemmte mich auf den Rand des Containers und begann mit in der Luft rudernden Beinen und kopfüber meine übliche Inspektion. Eine Schachtel mit sechs Bio-Eiern. Drei davon nicht kaputt. Ab in meine Tüte. Einige eingedellte Tomaten. Her damit. Ein Eisbergsalat mit zwei braunen Außenblättern. Das sah mir alles nach einem abendlichen Salat »Nicoise« aus. Ich tastete verschlossene Müllsäcke ab wie der Internist ein akutes Abdomen. Die Beutel waren viel zu leicht, also enthielten sie nur Verpackungsmaterial. Meine Finger gerieten an defekte Quarkbecher und in ein aufgeplatztes Joghurt. Verklebt zog ich mich mit meiner Beute zurück.

Was führte ich bloß für ein seltsames Leben.

Und: Was würde wohl Marvie sagen, wenn sie mich so sehen könnte.

In der Nacht rief ich meinen Freund Cromwell an. Er arbeitete für ein halbes Jahr als Ersatzlehrer an seinem alten Internat. Da er an enormer Schlaflosigkeit leidet, kann ich ihn zu JEDER Nachtzeit anrufen. Ja, Cromwell könnte quasi als Insomniamaskottchen arbeiten. Erst gegen fünf Uhr fällt er gemeinhin in einen kurzen Schlaf. Die fehlenden sechs Stunden versucht er gegen vierzehn und achtzehn Uhr durch kurze Nickerchen nachzuholen.

Somit war er gegen vierundzwanzig Uhr hellwach. Ich schilderte ihm zunächst das Schindluder, das wir mit Thorsten getrieben hatten. Cromwell meinte, er sei sehr stolz auf uns. Und dass wir da am Ball bleiben sollten. Dann erzählte ich ihm von der sonderbaren Familie Lövenich. Eigentlich wollte ich ihm auch meinen Gefühlsaufruhr wegen Marvie referieren, ließ es aber bleiben, weil ich mir plötzlich sehr dämlich vorkam. Und weil Cromwell, der in seinem ersten Leben eine Abrissbirne gewesen sein muss, eindeutig die falsche Adresse für solche zarten und im Aufbau befindlichen Zustände war.

Ich schlief ein, träumte von hellen, weiten Räumen und erwachte auf einer erneut schweißklammen Pritsche. Mein vorhin noch frisches Schlafgewand – T-Shirt und Jogginghose – schon wieder triefend.

Allmählich besorgt über meinen Gesundheitszustand, fuhr ich zu Mendelssohn. Wir installierten seinen Computer. Dieser PC verfügt über eine Braille-Tastatur und einen Vorleseapparat. Mendelssohn kann dort gedruckte Texte, Buchseiten oder getippte Briefe einscannen, die ihm dann von einer klirrenden Roboterstimme vorgelesen werden. Damit kann man eine Menge Spaß haben, zumal, wenn man den Roboter unanständige Texte vorlesen lässt. Eigentlich klingt schon per se alles, was dieser Roboter liest, auf eigentümliche Weise unanständig, aber wenn man ihn dann noch mit entsprechenden Vokabeln füttert… Doch heute war mir nicht nach solchen Albereien. Und während Mendelssohn den Drucker auspackte, googelte ich meine Leiden: »Nachtschweiß«, aha!

Soso!

Da gab es einiges zu lesen.

Ich wurde informierter und informierter.

Nach etwa einer halben Stunde Recherche kristallisierte sich ein erstes Urteil heraus: Entweder hatte ich gar nichts oder Krebs.

Ich dachte scharf nach, bemerkte dabei einen neuerlichen Schmerz in meinem Hirnkasten und las aufgewühlt weiter: Keine Frage, es passte alles.

Mir schwindelte.

Fünf Links später hatte ich es schließlich schwarz auf weiß: Mit neunundneunzigprozentiger Sicherheit war ich dem Tode geweiht.

Was tun? Sofort zu meiner Hausärztin gehen? Oder es erst einmal Mendelssohn erzählen? Nein, den Freund so überfallartig zu beunruhigen schien mir übereilt. Und die Hausärztin würde mir auf die Schnelle auch nichts Genaues sagen können. Wahrscheinlich würde ich als Kassenpatient sogar Wochen warten müssen, bis man mich endlich in einen CT, MRT oder ähnliches schob… Nein, ich würde mich zunächst einmal damit abfinden, mich in mein Schicksal schicken, ja: mit mir selbst meinen Frieden machen müssen, bevor ich meine Umwelt mit meinem gesundheitlichen Pech belästigte. Bevor ich die drohende

Pleite meines Organismus' öffentlich machte. Außerdem lag es noch immer im Bereich des Möglichen, dass ich mich irrte. Vielleicht hatte ich ja nur einen harmlosen psychosomatischen Klaps, der meinen Körper des Nachts so unter Wasser setzte. Und in einem solchen Fall wäre es sehr peinlich, wenn ich mich jetzt schon als Todgeweihter outen würde, um es dann noch locker bis zur Rente zu machen …

Mendelssohn beschimpfte den Drucker und verlangte nach Kaffee.

Gefasst ging ich mit ihm zur Küche. Geistesabwesend deckte ich den Gartentisch. Ein komisches Gefühl, dies alles: der Garten, der Tisch, das frühe Sonnenlicht, das zaghaft durch die Äste der hohen Bäume kletterte – alles so: ENDLICH. Die Bäume waren schon jetzt älter, als ich vielleicht werden würde …

Hinter der Mauer bewegten sich einige Lövenichs; meinem Gehör nach Katharina und Ritchie. »Ab nächsten Monat hat er Freigang«, sagte Katharina. Ritchie fragte: »Und wie viel?«

Katharina: »Erst mal ein Wochenende. Später sicher mehr.«

Ritchie: »Super. Vielleicht kann er den Dicken verschwinden lassen.«

Katharina: Lautes Seufzen.

Ritchie: Dito.

Katharina (sich entfernend): »Das wird was werden!«

Ritchie (sich ebenfalls entfernend, bestimmt): »DEN schaffen wir!«

Aha. Ohne zu wissen, wer da im Knast saß, wer der Dicke war und wie man ihn schaffen könnte, überfiel mich die Ahnung, dass es mit meiner Marvie zu tun haben musste. Marvie in Gefahr? Marvie in schlechter Gesellschaft? Marvie in Not – ja, das wäre doch schon mal ein schöner Aufhänger! Ein quasi lehrbuchartiger Einstieg in eine sich später zwangsläufig verdichtende Beziehung! Sich verdichtend bis zum letztlichen Aufeinanderknallen in explosiver Liebe und geradezu schmerzhafter Erregung; erst mein Auftritt als Samariter, Ritter und Retter, hernach fließender Übergang zum Tröster, Umarmer und schließlich süßest-orgiastische Vermählung unserer begeistert transpirierenden Körper – an genau diesem Punkt meiner Fantasie schob sich plötzlich ein ernüchterndes Bild vor meine Linse. Ein bösartiger Geist evozierte vor meinem inneren Auge ein Selbstportrait, und zwar ... a portrait of the artist as a container-man ... Und ich sah mich selbst, über einem Tonnenrand hängend, mit Joghurt am Finger und Schmerzen im Herzen, und wieder etwas später, in einem großen, kalten Krankenhausbett liegend, mit letzten Gedanken an ein ebenso süß wie bitter gewesenes Leben, auf alle Fälle: an ein kurzes Leben; zu kurz, um mit Marvie sämtliche Leidenschaften durchdekliniert haben zu können, und wenn der Schöpfer einst fragt: »Wat haste aus dei'm Leben gemacht?«, dann muss ich wahrheitsgemäß antworten: Mit Joghurt an den Fingern über'm Tonnenrand gehangen, den Bürzel nach oben und Schmerzen im Herzen ...

So fand mich Mendelssohn vor: reglos in einem Gartenstuhl hängend und auf meine Schuhe starrend.

»Hi«, sagte ich lahm. Mendelssohn taperte um den Tisch herum, hievte sich in seinen Sommersessel, dessen Rückenlehne man nach hinten in Liegehaltung klappen konnte und machte sich lang. Er grunzte wohlig und reckte sein Gesicht der Sonne entgegen. Nach einer Weile des offensichtlichen Wohlseins sagte er herzlos: »Ich brauche noch einen Küchengarten.«

»Hm.«

»Petersilie, Schnittlauch und alle ihre Kompagnons.«

»Bin schon unterwegs.«

Der Ausflug in den Bau- und Gartenmarkt brachte mich wieder in Stimmung. Ich kaufte die nötigen Sämereien, betrachtete Schwingschleifer und Bohrmaschinen, liebäugelte sogar kurzfristig mit einem appetitlich rot lackierten Zementmischer, riss mich dann aber gerade noch am Riemen und radelte zurück.

Marvie stand auf der Treppe. Vor ihrem Gartentor hielt ein staubgraues Auto. Ihm entstieg eine Wurst von einem Mann. Etwa ein Meter siebzig Länge. Beziehungsweise Kürze. Schätzungsweise zwischen vierzig und fünfzig. Eine Haarfarbe war nicht auszumachen, denn er trug trotz der Jahreszeit Hut. Und zwar keinen leichten Sommerhut, sondern ein Gerät aus grauem Filz, aus der Ferne an den notorischen Hut Martin Walsers gemahnend. Staubgraues, um die Hüften spannendes Existenzialisten-Outfit. Dazu ein Grinsen im runden Gesicht, das irgendwie *unverschämt* meiner Marvie entgegenbleckte. Marvie selbst: Schön wie gestern und vorgestern, die Sonne schielte von der Seite durch ihr Kleid, mir fielen fast die Augen aus den Höhlen, der Wurstmann trat ihr zu nahe, sie umarmten sich, er ließ seine Hände auf ihrem Rücken herumgleiten, und dann setzte es einen entsetzlich langen Zungenkuss. Nach gefühlten vierundzwanzig Stunden des Ineinandergestülptseins verschwanden die beiden im Haus. Besinnungslos schleppte ich mich in die Küche. Die Küchentür zum Garten und das Küchenfenster waren weit geöffnet. Ich stellte mich in den Luftzug und goss mir eine Limo ein. Der Luftzug war bitterkalt und fühlte sich böse an. Als hätte er einen schlechten Charakter. Gab es Naturerscheinungen mit Charakter? Einen bösen Zug, einen hinterhältigen Luftwirbel? Garantiert. Und draußen, hinter der Mauer: ein Zwiegespräch. Marvies helle, raue Stimme. Enorm sexy, diese beiden Gegensätze vereint auf einem Atemstrom zu hören. Und ein knödelnder Bass. Ein Geräusch wie aus einem Gulli. Eine Stimme wie aus dem Dickdarm. Wenn Bockwürste sprechen könnten, dann würden sie *so* sprechen! Mendelssohn lag noch immer in seinem Sessel und hatte wieder seine Richtmikrofone gespitzt. Ich setzte mich daneben, und gemeinsam lauschten wir der Schönen und dem Aufschnitt:

»… eventuell am Theater Soundso … und jetzt doch die zweite Spielzeit dortunddort … aber das neue, das wird richtig Furore machen …«

Nach fünf Minuten lagen alle Fakten vor uns auf dem

Tisch: Der Wurstmann schrieb offenbar Theaterstücke, die auch tatsächlich irgendwo aufgeführt wurden. Er schien sehr gerne über seine Arbeit zu reden. Was wo gespielt wurde und mit welchen Promis besetzt war. Bei dem Theatergänger Mendelssohn fiel ein Groschen und er zischte mir zu: »Ach, DER ist das!« Und er deutete szenisch an, ins Gras kotzen zu wollen. Der Wurstmann schwadronierte weiter. Wenn selbstgefällige Würste sprechen könnten, dann so! Schade, dass der Typ kein Cabrio fuhr. Und: Ein Wunder, dass er nicht vor geblähtem Ego plötzlich wie ein Fesselballon hinter der Mauer aufstieg und einem Zeppelin gleich über die Stadt schwebte. Dann kam mir ein sehr beruhigender Gedanke: DIES musste der von Ritchie erwähnte Dicke sein, den die Geschwister »schaffen« wollten! Hoffnung keimte in mir auf und die Situation schien schlagartig geklärt: Die jüngste Lövenich, die liebreich-naive Marvie hatte eine Beziehung zu einem Mann, den man geografisch als »no-go-area« bezeichnen würde. Und die Geschwister wollten dem einen Riegel vorschieben – wie schon aus ihrem ersten Gartengespräch hervorgegangen war! Ein Jubilieren stieg in mir auf, eine Art Halleluja donnerte durch meine Eingeweide.

In diesem Moment fuhr unser neuer Freund Thorsten vor.

Wie immer: wummernde Beats, hingerotzte Sprachbrocken. Wir erhoben uns. Mendelssohn steckte den Knopf ins Ohr, ich reichte ihm einen Pappbecher voll heißen Kaffees. Dann nahm ich meinen Posten hinter dem Fenster ein und Mendelssohn marschierte los. Thorsten sah ihn nicht kommen, denn er war vollauf damit beschäftigt, drei Huptöne abzugeben. Als Mendelssohn auf einer Höhe mit der Rückbank war, gab ich Anweisungen. Mendelssohn drehte sich wie ein Kreisel, und dann ergoss sich der Kaffee auf den rückwärtigen Ledersitz. Thorsten erstarrte. Mendelssohn spulte die alte Leier ab: Dass es ihm ungeheuer peinlich sei et cetera pp. Thorstens Gesicht verzog sich weinerlich und wütend zugleich. Wahrscheinlich hätte er Mendelssohn jetzt gerne geschlagen. Aber sogar Thorsten musste irgendwo gelernt haben, dass man Schwerbeschädigte nicht schlägt. Oder jedenfalls nur in Extremsituationen und wenn sie es verdient haben.

Mendelssohn kam nach einem längeren Disput mit Thorsten und Plumpskuh wieder zurück und meinte: »Mal sehen, wie lange meine Haftpflicht das noch mitmacht.«

Kapitel 3

enthält Schlomos ersten Zusammenstoß
mit seinem Rivalen und die erstaunliche Erkenntnis,
dass Würste sprechen können.

Zum Weinen: Marie und Wurst auf Sommerbänkchen

Meine Krankheit schien zu stagnieren. Morgens betastete ich vorsichtig meinen Kopf – der Schmerz blieb verschwunden, mein Schlafanzug war wohlig warm. Ich lobte mich dafür, dass ich meine Freunde nicht schon in Unruhe versetzt hatte. Vorschnelle Verkündigung des eigenen Ablebens führt doch immer wieder zu Unglaubwürdigkeit im Freundeskreis.

Ich tauchte nun jeden Morgen pünktlich und auf den Glockenschlag bei Mendelssohn auf, wenn Marvie gerade das Haus verließ. Wir grüßten uns inzwischen wie alte Bekannte. Ich kam auch dahinter, wann der Wurstmann erschien: nur gegen Abend. Und er blieb nie lange, knödelte im Garten kurz und gefällig auf die Geschwister ein; dann verschwand er wieder, mit meiner hilflosen Marvie am strammen Arm. Also bot mir einzig der morgendliche Augenblick am Gartenzaun eine Gelegenheit, meine Marvie vom wurstförmigen Bösewicht loszueisen und sie auf die Seite meiner Vorzüge herüberzulotsen. Allein: Was nun unbedingt meine Vorzüge sein sollten, war mir nicht klar. Was hatte ich denn groß in petto, um einen Engel wie Marvie zu locken: »Na, Mäuschen? Woll'n wir mal zusammen containern gehen?« Kein Geld, kein Gut, keinen Ruhm! Verglichen mit einem gestandenen Theatermann im glänzend-existenzialistischen Saitling war ich eine Null. Das blanke, Rad fahrende, an Fahrradschlössern herumgeigende Nichts! Noch nicht mal todkrank!

Wenn der Wurstmann meine Marvie wieder mal abgeschleppt hatte, waren die darauf folgenden Gespräche der Geschwister eindeutig: Sie hetzten gegen ihn, sie stachelten sich gegenseitig zu komplexen Beleidigungen auf, sie schienen ihn alle von Herzen zu hassen.

An einem dieser Abende überredete ich Mendelssohn, dass wir hinübergingen und uns mit einer Flasche Weißwein bei den Geschwistern einluden.

Die Lövenichs zeigten sich angenehm überrascht und

bald saßen wir in fröhlicher Runde. Katharina erwies sich als Erzählerin von trockenem Sarkasmus, Laura als Kichererbse, und Ritchie wurde Ritchie genannt, weil ihm sein extravaganter Vater den Zweitnamen »Theoderich« verpasst hatte. Als Kind hatte er diesen Namen nicht aussprechen können, und irgendwann hatte sich die Familie auf das unverfängliche »Ritchie« geeinigt. So kamen wir auch auf den Verbleib des Vaters zu sprechen und die Geschwister wurden einen Hauch wortkarger. Der Vater sei ein Geschäftsmann und leider, leider viel unterwegs. Zur Zeit befinde er sich in Japan. Und er fehle ihnen sehr. Katharina verstummte, Laura lächelte traurig, Theoderich räusperte sich ausgiebig. Dann erfuhren wir weitere Details aus der Familienchronik:

Die erste Frau von Paps – und die Mutter von Katharina und Laura – hatte sich scheiden lassen, weil sie unter den langen Abwesenheitsphasen des Vaters litt. Daraufhin hatte Paps eine Iris geheiratet (die Mutter von Ritchie und Marvie), die sich nach fünf Ehejahren auf ihre eigene Kreativität besann und nun Mode machte. Die Kinder blieben bei Paps. Und egal, was Paps so den ganzen Tag trieb, egal, wo er herumtourte – wenn er nach Hause kam, legte er sich erschöpft auf das Sofa, und seine Kinder lagen um ihn herum wie ein Wurf Welpen; sie sahen gemeinsam fern, aßen Chips und sprachen über Gott, die Welt, die Liebe und das Leben.

Erneut keimte Neid in mir auf. Welch eine Bilderbuchfamilie! Dagegen waren die Waltons ja ein Haufen zänkischer Stinkstiefel! Sogar Mendelssohn musste seufzen. Katharina brachte ihm eine Jacke. Die Geschwister entzündeten Windlichter, und wir saßen besinnlich beisammen, schweigend, nur hin und wieder unterbrochen von einem wehmütigen »Ja, ja« eines der Geschwister oder einem neidischen Seufzen meinerseits.

Die Luft wurde dunkelblau und die letzten Vögel tschilpten in den Sträuchern. Aus dem Gras machte sich ganz sachte Feuchtigkeit auf den Weg nach oben. Meine Turnschuhe kühlten aus. Und ich fühlte mich plötzlich wieder so hohl.

In diesem Moment fuhr ein Auto vor. Zwei Türen klappten, und dann traten Marvie und die Wurst in den Garten. Sie kamen auf uns zu. »Guten Abend!«, sagte Marvie herzlich. »Guten Abend!«, kam es etwas zu laut aus der Wurst. Wir nickten, und sie setzten sich nebeneinander auf ein niedriges Bänkchen. Der Wurstmann wollte wohl das Gleichgewicht verlieren und nach hinten wegpurzeln, aber Marvie hatte ihn schnell gepackt und hielt ihn in der Vertikalen. Keine Frage: Die Wurst hatte einen kleben.

Mit ihrer beider Auftritt verfiel unsere Truppe in eine komplette Sprechlähmung. Wir blieben wortkarg, das Gespräch drohte völlig zu versanden. Marvie schien diese Stimmungsänderung zu registrieren, jedenfalls meinte ich, ihr eine Verstimmung anzumerken. Nur die Wurst war über alles erhaben und polterte wie ein Tölpel in die unangenehme Pause.

Selbstverständlich konnte ich ihn nicht leiden. Schließlich war er mein natürlicher Feind Nummero eins. Aber nicht nur das: Er schien mir auch ansonsten ein unsympathischer Gesell zu sein. Ein generell krummer Hund. Ein Generalarsch. Einer jener Typen, die – völlig zurecht – noch nicht mal von der eigenen Mutter geliebt werden.

Marvie und er hatten wohl gerade der Aufführung eines seiner Stücke beigewohnt. »Inkognito«, wie der Wurstmann drei Mal betonte, »um mal die Reaktionen der Zuschauer ungefiltert aufnehmen zu können.« Hin und wieder müsse das sein, wegen der Basis. Und er sei immer wieder wie erschlagen, wenn die Reaktionen überschwänglich seien. So überschwänglich wie heute: tosender Applaus.

»Ja, die haben fast getobt«, sagte Marvie. Wir nickten bedächtig. Und Wurst wiederholte, dass ihn solch ein tosender Applaus »richtig fertig« mache. Dabei versuchte er, seinem Gesicht ein irgendwie demütiges Mienenspiel zu verpassen. Was aber misslang. Alles an ihm transpirierte und schwefelte etwas aus, das eindeutig nach hundertzehnprozentiger Selbstgefälligkeit roch. »Mich wundert es immer wieder, dass ausgerechnet ein Stück, das NICHT angepasst ist und mit Tabus so ketzerisch umgeht, so einen breiten Erfolg haben kann.«

Keiner antwortete etwas darauf, aber ich wette, dass ich nicht der Einzige war, der sich ebenfalls über den Erfolg von Wurst wunderte. Obwohl ich zugegebenermaßen nichts von ihm kannte. Nur vom Hörensagen und natürlich von Mendelssohn.

Mendelssohn saß etwas nach vorne gebeugt, seine Lauscher offensiv in Richtung Wurst gedreht. In ihm musste gerade ein Kampf stattfinden: Entweder würde er die Selbstverliebtheit des Wurstmannes ignorieren oder aber ein paar fundierte Takte über das wurstsche Oeuvre abgeben.

Marvie merkte, wie ihr dicker Geliebter dabei war, sich selber ins Aus zu sülzen. Also warf sie sich dazwischen: »Wir bereiten doch gerade unseren großen Abschlussabend vor – bevor es in die Semesterferien geht. Und wir hatten die Wahl zwischen einem Shakespeare und dir! Da kannst du mal sehen, wie hoch du gehandelt wirst!«

»Und wer ist es am Schluss geworden?«, fragte ich mit sehr freundlicher Stimme und ohne Hohn.

»Diesmal noch Shakespeare, aber im nächsten Jahr soll garantiert ein Moderner dran sein. Und da wird die Wahl eindeutig ausfallen.« Marvie griff nach Wurstens Hand, tätschelte sie und sah ihn an: Mit entschlossener Bewunderung und einer für meine Begriffe peinlich zur Schau gestellten Ergebenheit. Wurst tätschelte retour, um dann tatsächlich zu sagen: »Von Zeit zu Zeit ist es für Dramatiker ganz lehrreich, wenn sie ihre Werke in einer Aufführung durch Anfänger oder Laien sehen – das schärft noch einmal den Blick für das Stück. Dilettantismus ist wie ein Art Lackmuspapier.«

Betretenes Schweigen. Die offene Geringschätzung ihres Tuns ließ Marvie zu Boden blicken. Katharina und Laura bekamen den förmlichen Gesichtsausdruck von Gastgebern, die sich um des lieben Gästefriedens willen am Riemen reißen. Ritchie atmete seufzend. »Aha!«, sagte Mendelssohn gezwungen harmlos. Ich hatte das Gefühl, Marvie zu Hilfe eilen zu müssen. Jemand musste jetzt sofort ihre Ehre retten! Also mischte ich mich höflich ein – zwar nicht recht überzeugt von meinem Standpunkt, aber immerhin musste doch jemand dagegenhalten!

»Ist es nicht eher so, dass ein starkes Stück, ein Stück ohne jegliche Schwachstellen, die Darstellung durch ›Laien‹ nicht nur besonders gut aushält, sondern diese ›Laien‹ sogar über ihre – eventuellen – Unzulänglichkeiten hinwegträgt? Während ein schwaches Stück das bleibt, was es ist: nämlich ein schwaches Stück? Egal, von wem es gespielt wird?« Ich war ganz erschöpft von meinem Bandwurmsatz und hoffte, dass ich dessen Anfang auch irgendwie logisch zum Schluss geführt hatte. »Eventuelle Unzulänglichkeiten« – wo hatte ich jetzt das her? Aus welchem Sprachcontainer hatte ich diesen Unfug gezogen? Was sollte Marvie denken? Ich lauschte mir noch selbst etwas nach und merkte erst allmählich, dass der Wurstmann mich – zum ersten Mal an diesem Abend – ansah. In seinen Augen schwamm nicht nur der Alkohol, den er bis vor kurzem verdrückt haben musste, sondern noch etwas anderes: eine Wut. Und zwar keine leichte Wut oder eine wütende Verstimmung oder etwas in dieser Preislage, nein: Es handelte sich hier um eine Wut ohne Wenn und Aber, eine derart konsequente Wut, dass es mich in diesem Moment auch nicht gewundert hätte, wenn er sich auf mich gestürzt und mich nach allen Regeln der Kunst vertrimmt hätte. Und ich bekam tatsächlich umgehend Angst vor ihm.

Marvie drückte noch entschlossener seine Hand. Und Mendelssohn, ohne durch den mörderischen Blick von Wurst vorgewarnt zu sein, legte unschuldig nach: »Das sehe ich auch so.«

Wurst sah weiterhin mich an. Durchdringend, durchbohrend. Ich hätte meinen Hintern darauf verwettet: Er sah mich in Tötungsabsicht an. Dann ruckelte er sich auf dem Bänkchen zurecht und fragte mit seiner verknödelten Stimme: »Wie sieht das denn mit DEINEN Theaterstücken aus?«

Ich (unschuldig): »Ich, äh, ich schreibe keine Theaterstücke.«

Wurst (aggressiv): »Ach nein? Woher kennst du dich dann so gut aus mit Theaterstücken?«

Ich (noch immer voll auf unschuldig): »Man muss doch nicht selbst Theaterstücke schreiben, um sich eine Meinung über sie bilden zu können.«

Wurst (wütender, abfällig): »Meinung! Ja, Hinz und Kunz bilden sich heute eine Meinung! Meinung ist für alle da! Selbst wenn du nichts hast – kein Talent, kein Können – MEINUNG geht immer! Und am allerliebsten ist mir die (er sprach das Wort aus wie hingespuckt) MEINUNG über QUALITÄT! Aah! (Jetzt räkelte er seinen Wanst auf dem Bänkchen herum, um so etwas wie ›Wohligkeit‹ anzutäuschen): AAAH! Es geht doch nichts über die MEINUNG von Leuten, die selbst noch nie einen geraden Satz geschrieben haben! In solchen Kreisen fühl' ich mich erst richtig wohl!«

Marvie sah mich an, soweit es ihr gesenkter Kopf zuließ. In ihrem Blick lag etwas, das mich vermutlich beruhigen beziehungsweise zum Schweigen bringen sollte. Nichts Feindseliges, nur etwas um Ruhe und Harmonie Bemühtes. Katharina mischte sich ein: »Du kannst es drehen und wenden, wie du willst. Aber Kunst wird IMMER eine Geschmacksache sein! Und deshalb wirst du damit leben müssen, dass es Leute gibt, die DEINE Kunst nicht mögen.«

Laura schob hinterher: »Das ist nun mal die Natur der Dinge: Alle Einschätzung von Kunst ist subjektiv. Und somit ist auch nichts davon verboten oder falsch.«

Der Wurstmann reagierte darauf so heftig, dass ich nun wirklich in Sorge geriet, ob er uns nicht vielleicht heute Abend noch reihum schlagen würde.

»Verboten! Falsch!«, rief er. »Ausgerechnet IHR müsst natürlich dagegen sein, dass es etwas Verbotenes oder Falsches gibt! Sonst könntet ihr auch nicht das Leben führen, das ihr führt! Und zwar auf Kosten derer, die euer Vater ausgenommen hat! Da hat er gut reden, der Parasit! Da hat er gut LEBEN, der Parasit! In seinem zusammengegaunerten Milieu!«

Nun wurde es definitiv ungemütlich. Die Lövenichs erstarrten. Was rülpste die Wurst da?

Egal! Egal, was für ein Insiderwissen der Wurstmann da gerade als Trumpf ausspielte – ich hatte das sichere Gefühl, dass er der FALSCHE war, der da auftrumpfte! IHM stand kein moralisches Urteil über meine Lövenichs zu! Ich hatte zwar keine Ahnung, auf welchem Terrain diese explodierende Wurst da herumturnte, ich FÜHLTE nur, dass sich ein Falscher da etwas Falsches anmaßte.

Abgesehen davon, dass er meine Marvie in eine äußerst unangenehme Situation manövrierte!

Offensichtlich hatte sie – in der vollen Naivität eines jungen Dinges – der Wurst etwas besser Verschwiegenes aus dem Lövenichschen Nähkästchen erzählt. Denn jetzt lief sie rot an und vermied jeden Blickkontakt mit ihren Geschwistern. Sie sah nur noch zu Boden. Und jetzt durfte eigentlich nur noch eines geschehen: ICH musste zu ihrem Retter auflaufen. ICH musste sie vor den Anwürfen dieses gallespeienden Monsters schützen. Denn was geschah? Die versammelten Lövenichs blieben stumm!

Ich traute weder meinen Augen noch meinen Ohren: Die Lövenichs setzten sogar zum Rückzug an! Sie kniffen den Schwanz ein! Sie redeten plötzlich durcheinander, und zwar nur Sätze von belanglosem Inhalt, Versöhnliches, Verbindliches, als wollten sie so schnell wie möglich die Stimmung ins völlig Unverfängliche und Nichtige kippen und jeden Ansatz eines Disputes wegwischen.

Der Wurstmann schien durch seine internen Adrenalinschübe ernüchtert. Mit dem Ergebnis, dass er nicht nur klarer dreinblickte, sondern – diabolischer. Ein breites Grinsen flackerte über sein sowieso schon breites Gesicht. Das ergab eine irgendwie obszön breite Fläche von hell leuchtender Bosheit. Wir anderen saßen weiterhin in bedrückender Dämmerung, aus deren Mitte diese Giftfrikadelle quasi heraus fluoreszierte. Katharina stand auf, auch Laura erhob sich: »Jetzt wird es mir langsam zu kühl«, sagte Katharina, demonstrativ fröstelnd. »Ich muss auch ins Haus«, meinte Laura und rieb sich die Arme. »Für eine längere Familiendiskussion ist es heute definitiv zu kalt.« Sie verabschiedeten sich höflich, wahrten dabei sehr diszipliniert eine beinahe gelassenen Haltung und verschwanden im Haus. Der Dicke wollte sich zufrieden zurücklehnen, hatte aber vergessen, dass er noch immer auf einem lehnenlosen Bänkchen saß. Erneut musste meine Marvie rasch zugreifen, um seinen Absturz zu verhindern. Ritchie sagte kurz angebunden: »Du kannst meinen Sessel haben«, stand auf und verließ uns ebenfalls.

Mendelssohn hatte mit den Bewegungen eines gut geölten Rotors vom einen zum anderen gelauscht. Nun saß er bewegungslos und wirkte einfach nur perplex. Die Wurst wuchtete sich hoch und übernahm tatsächlich Ritchies alten Platz. Mit einem zufriedenen Stöhnen ließ er sich in dem Sessel nieder. Dann machte er in Richtung Marvie winkende Bewegungen: Offenbar sollte sie sich nun auf seinen Schoß setzen. »Komm zu Papi!«, sagte er. Er hielt das offenbar für lustig. Marvie hob den Kopf, sah erst Mendelssohn, dann mich an. Diesmal lag in ihren Augen etwa, das um Abbitte zu flehen schien. Um Abbitte und Verständnis. Nach dem Motto: »Er ist nun mal etwas anders.« Um sie zu erlösen, stand auch ich auf: »Mein Füße – ich kann sie nicht mehr spüren!«, sagte ich theatralisch. »Bevor mir mein restlicher Körper auch flöten geht … Mendelssohn, was hältst du vom Aufbruch?« Mendelssohn erhob sich sofort, drückte in Richtung Marvie ein paar Abschiedsfloskeln heraus, dann hakte ich ihn unter. Wir gingen zum Haus, durchquerten das Wohnzimmer, das überfüllte Foyer und traten auf die Straße. Ruhig war sie, und aus dem Kopfsteinpflaster strömte uns die Restwärme des Tages entgegen. Meine Füße begannen zu tauen.

Wir endeten in Mendelssohns Küche. Er setzte Tee auf.

»Was ist das mit dem Vater? Unser wurstiger Freund hat da wohl in ein Wespennest gestochen.«

»Wir kommen schon noch dahinter. Aber als Erstes müssen wir Marvie aus seinen Fängen befreien.«

»Hast du einen Plan?«

Ich hatte keinen Plan. Außer, die Wurst zu jagen, zu erlegen und auszubeinen.

Und zu allen möglichen und unmöglichen Kämpfen entschlossen, radelte ich nach Hause. Und rief Cromwell an. Und erzählte ihm alles haarklein.

Kapitel 4

präsentiert eine nackige Marvie
und einen darob schmählich
verschreckten Schlomo.

Der Hammer, mit dem ich mir um ein Haar selbst einen übergebraten hätte

Am nächsten Morgen war wieder alles klamm. Draußen nieselte es, der Himmel hing tief und grau, und meine Bettdecke lastete schwer und nass. Während ich die Augen öffnete, sank meine Körpertemperatur im Sekundentakt. Der nasse Schlafanzug sog sämtliche Wärme in sich auf. Ich lag schlotternd. Verzweiflung kam auf. Kopfschmerz kam hinzu. Wenn ich nicht in kalter Einsamkeit sterben wollte, müsste ich mein Leben unverzüglich ändern. Unter der heißen Dusche fasste ich den Entschluss, noch heute die Pirsch auf Marvie zu eröffnen. Zu lange hatte ich mich treiben lassen. Es eilte.

Auch Mendelssohn war schlechter Laune. Zeternd saß er an seinem Computer und ließ sich von der unanständigen Metallstimme Rechnungen vorlesen. »Erbarmen!«, pfiff es aus meinem Freund, während ich seine Überweisungen ausfüllte, die er krakelig unterschrieb. Dann machte er sich mit der Tasche voller Briefumschläge auf den Weg zum nächsten Briefkasten. Seine Schritte entfernten sich, das wütende Klacken seines Stocks wurde leiser. Die Stille des Hauses ließ mich in einen Zustand der Trauer sacken. Ich schlich in die Küche, sah durch die Fasern des Nieselregens auf die Gartenmauer, sah in die grauen Wolken, und dann gab mir irgendetwas, irgendeine dritte Person, irgendein Fremder einen Ruck. Und ich ging – ohne zu wissen, was ich im Schilde führte – wie ferngesteuert zum Haus der Lövenichs. Irgendetwas musste sich jetzt ergeben. Oder gar nichts würde sich ergeben. So oder so: Mit mir ging es zu Ende.

Ich klingelte, der Gong ertönte, und nichts passierte. Ich drehte ab, der Regen wurde stärker, träufelte heftig in meine Augen und verwischte mir die Sicht. In diesem Moment kam mir Marvie auf ihrem Fahrrad entgegen. Sie stieg ab und sah aus, als hätte der Himmel nur für sie einen grauen Extra-Ballon voller Wasser und schlechter Laune bereit gestellt. Das Haar hing strähnig in ihr nasses Gesicht, ihre Jeans trieften, ein brauner Pullover hing dunkel und schwer über ihren schmalen, gebeugten Schultern. Sie blinzelte eine Weile, bis sie mich endlich erkannte. »Ach«, sagte sie leise, wie kraftlos. Mein Hirn stellte sofort schwache Bemühungen an, dieses kleine »Ach« sinnvoll zu interpretieren: Handelte es sich hier um ein eher genervtes Ach? Ein erfreutes? Dann wurde mir klar, dass es nach diesem »Ach« ja nun an mir war, etwas zu erklären. Warum ich hier vor ihrer Tür herumlungerte, zum Beispiel. Einen Moment lang standen wir uns nur schweigend und über die Nasen tropfend gegenüber, dann schloss sie die Haustür auf, ließ sie weit geöffnet stehen und verschwand in der Halle. Nun wusste mein Hirn gar nicht mehr weiter: Sollte ich ihr folgen? Oder die Haustür schließen und weinend zurück zu Mendelssohn gehen? Der unbekannte Dritte, der mich hierher geschickt hatte, gab mir einen Stoß in den Rücken und ich trat ein und schloss hinter mir die Tür. Dann wartete ich einfach ab. Wie gesagt: Irgendetwas müsste sich ergeben.

Marvie lehnte an einem der restaurierten Möbel, streifte die nassen Turnschuhe von den Füßen und schleuderte sie ins Ungefähre. Sie strich sich die Strähnen aus dem Gesicht und sah mich an. Ich sah zurück. Einfach so und – meiner Einschätzung nach – etwa so ausdrucksvoll wie eine Kuh. Marvie machte eine winkende Handbewegung und ging die Treppe hinauf. Ich folgte dem Winken. Marvie stand in einem Raum, der eventuell ihr Zimmer war; mein Hirn hatte inzwischen jegliches Analysieren und Vermuten aufgegeben. Sie öffnete eine Schranktür, warf mir ein vermutlich grünes Handtuch zu und begann, sich selbst mit einer Art Strandlaken voller gelber Sonnen abzurubbeln. Ich legte das grüne Handtuch auf meinen Kopf und frottierte mechanisch. Als Marvie begann, sich auszuziehen, zog ich das Tuch bis über meine

Augen und blieb reglos stehen. Wie eine verhüllte Skulptur. Ich hörte es rascheln, die Schranktür wurde zugeworfen und nackte Füße tappten über Parkett. Marvie blieb vor mir stehen, zog mir das grüne Handtuch vom Kopf, lächelte mich allerliebst an und sagte mit ihrer rausüßen Stimme: »Jetzt kannst du wieder.« Ich lächelte dämlich zurück. Marvie ging voran und ich folgte ihr in die Küche. Marvie hantierte an einer Kaffeemaschine von der Größe eines Kühlschranks. Die Maschine röhrte, hämmerte wie ein Schlagbohrer und gebar unter Schmauchen zwei klitzekleine Tassen. Marvie stellte die Tassen auf einen himmelblau lackierten Küchentisch, setzte sich auf einen quietschend gelben Küchenstuhl, stemmte ihre Knie gegen die Tischplatte, griff sich eine der Tassen und schloss die Augen. Vorsichtig setzte ich mich dazu und versuchte, mein abgestelltes Gehirn wieder in Gang zu bringen. Doch da oben herrschte nur weiterhin gähnende Leere, während mein Untenrum dieses altbekannte Gefühl der Hohlheit anmeldete. Ich war also insgesamt so leer wie ein soeben gekärcherter Aldi-Container. Beste Voraussetzungen für eine geistreiche Unterhaltung. Aber auch Marvie blieb gottlob weiterhin geistesabwesend. Sie schien sich geradezu auf wundersame Weise zu verflüchtigen; als flögen ihre Gedanken in ein unbekanntes Tralala oder einen Treibsand oder ein Gebet oder wie oder was … Ich nahm einen Schluck Kaffee, besser gesagt: Ich Affe steckte meinen Schnabel direkt in das fast noch kochende Gesöff, schrie innerlich Zeter und Mordio, fühlte meiner Zunge nach, die umgehend taub und pelzig wurde, kurz:

Amouröse Situationen sehen anders aus. In diesem Gemütsdurcheinander streckte ich die Zunge raus und begann, sie abzutasten. Wahrscheinlich schielte ich sogar bei dem Bemühen, von oben über die Nasenwurzel einen Blick auf sie zu werfen, und merkte dann während dieser würdelosen Akrobatik, dass Marvie mich längst beobachtete. Na gut. Das war's dann also. Du hattest deine Chance, Django. Mit der durchnässten, nackigen Marvie allein im Haus – und dann mit schräggestellter Augenachse den eigenen Rüssel rausgestreckt und abgefingert – oh ich elender, elendiger Plumpaquatsch! Marvie grinste. Sie kramte einen Kühlakku aus dem Kühlschrank, umwickelte ihn mit einer weißen Stoffserviette, baute sich vor mir auf und befahl rau-süß-herrisch: »Zunge raus!« Mit der linken Hand bog sie meinen armen verwirrten Kopfsalat zurück, ließ die Hand auf meiner Stirne liegen und legte mit der rechten die Kühlung auf meine folgsam heraushängende Zunge. Die Stunden vergingen. Marvies linke Hand schmolz durch meine Stirn hindurch und streichelte mein nacktes Hirn. Mir wurde schwindelig. Ich schloss vorsichtshalber die Augen. »So«, sagte Marvie nach drei oder vier Tagen. Es können auch Wochen gewesen sein. Und: »Was gibt's?«, fragte sie, als wären wir uns zufällig am Gartenzaun begegnet. »Verlass den Arsch und komm zu mir«, dachte ich lautstark. »Wir passen zueinander. Wir werfen unsere Trauer zusammen und leben glücklich bis ans Ende unserer Tage von dem, was ich aus den Containern der Welt ziehe.«

»Ich. Äh.«

»Ja?«

»Was für ein Hammer«, dachte ich und sagte: »Hammer. Ich repariere gerade was für Mendelssohn. Und dafür bräuchte ich einen Hammer. Aber Mendelssohn hat keinen. Und da dachte ich.«

»Ja, klar«, sagte Marvie. »Komm.«

Ich verließ mit wieder gerade stehenden Augen das Haus. Auf dem Bürgersteig musste ich mich davon abhalten, mich mit dem lövenichschen Hammer bewusstlos zu schlagen.

Kapitel 5

berichtet von einem Messdiener, einem Bischof,
einem Kardinal und deren Abstecher
in einen Baumarkt.

Katholizismus könnte
so schön sein:
Das Cabrio des Herrn

Während der nächsten Tage bekamen wir keinen Lövenich zu Gesicht. Auch der Wurstmann war wie vom Erdboden verschluckt, Marvie trat morgens nicht mehr aus dem Haus und sogar unser lauter Thorsten blieb absent. Es dauerte eine Weile, bis ich bemerkte, dass es an den kommenden Pfingstfeiertagen liegen musste, dass Mendelssohns Straße so verwaist war. Offenbar waren alle in Feiergeschäften unterwegs. Bereits am Freitag vor Pfingsten rüstete sich der gottlose Mendelssohn zur Vigil – der feierlichen Nachtwache vor einem hohen katholischen Feiertag. Mendelssohns Ausgeglichenheit und Lebensfreude peinigten mich. Ich kam zu der verzweifelten Überzeugung, dass wir etwas Seltsames und Sinnloses tun müssten. Irgendetwas außerhalb und entgegen der normalen Lebensspur wäre jetzt eine Rettung für mein aus der Verankerung gerissenes Seelenleben. Andernfalls würde ich mich nur noch durch den Sturz in einen kopfabreißenden Drogenrausch ruhig stellen können. Also regte ich an, dass wir uns bei einem Kostümverleih ein wenig Ornat ausleihen und als quasi fremde Personen durch die lästigen Feiertage wandeln sollten. Mendelssohn überlegte nicht lange und befand die Idee als großartig. Und er wolle unbedingt als Kardinal gehen, während mir sicher ein Erzbischof gut zu Gesicht stünde.

Als sich obendrein noch Cromwell ansagte, stieg unsere Feierstimmung ins Albern-Ketzerische.

Cromwell nutzte die Pfingstferien, um seine Mutter zu besuchen. Dann kam er nach Hamburg, lüftete seine Wohnung und las sich durch die Postberge, die ich während seiner Abwesenheit aus seinem Briefkasten gezogen hatte.

Der Job in seinem alten Internat schien ihm nicht gut zu tun, denn er befand sich in einem nervös-nörgelnden Zustand. »Zu viele alte Erinnerungen!«, sagte er. »Und zwar hauptsächlich negative. Ich weiß nicht, warum das Unangenehme so dominiert. Obwohl ich da doch auch Schönes erlebt habe!« Aber er müsse jetzt da durch, schließlich habe er es seinem alten Direktor und seiner alten Lieblingslehrerin versprochen, und es sei ja nur noch bis Juli.

Und so lange würde er auch den neuen Direktor ertragen: Sein früherer Kollege und Erzfeind Baumann war inzwischen zum Leiter der Privatschule aufgestiegen. Und obwohl er nicht mehr ganz so entsetzlich wie früher sei, reiche es immer noch für ein paar unangenehme Sticheleien und Anmerkungen, mit denen Baumann sehr gerne und regelmäßig Cromwell wurme.

Baumann stand ja auch genügend Material zur Verfügung, mit dem er ihn piesacken konnte: Cromwell hatte seinerzeit in jugendlicher Verblendung seine ehemalige Schülerin Mick geehelicht, um sich erst auf dem Höhepunkt ihrer psychopathischen Entwicklung wieder scheiden zu lassen. Und Baumann, der diese Mick ebenfalls kannte, ihr nie über den Weg getraut und ihr darum während der Schulzeit oft genug die Hölle heiß gemacht hatte, wurde nicht müde, Cromwell an diesen Lebensirrtum zu erinnern. Diesen fatalen, quälenden Lebensirrtum, der Cromwell für ein paar Jahre aus den Schuhen beziehungsweise aus dem Leben gehauen hatte.

Cromwells Laune hellte sich allerdings sofort auf, als wir zu Mendelssohn fuhren. Er freute sich über Mendelssohns neues Leben in dieser wunderbaren Villa, lobte uns wegen unseres wackeren Kampfes gegen Thorstens Cabrio und meldete sich schon mal an: Er wolle unbedingt wenigstens e i n m a l eine Fuhre Klebriges in Thorstens Auto entladen. Als wir ihm von unseren pfingsttäglichen

Verkleidungsplänen erzählten, war seine Laune endgültig gerettet.

Wir fuhren kichernd zum Kostümverleih; man hätte meinen können, eine Gruppe Dreizehnjähriger wäre auf dem Weg in ein besonders sittenloses Ferienlager. Wir waren gepackt von einer seltsamen Stimmung: bittere Melancholie an sehr viel Übermut. Ich hatte das Gefühl, es sei ein Zeitpunkt gekommen, da es ganz einfach unabdingbar war, über die Stränge zu schlagen und dem herkömmlichen Leben eine Nase zu drehen. Und meine Freunde schienen von ähnlicher Energie getrieben.

Die Räume des Kostümverleihers rochen nach alten Stoffen, nach Trockenreinigung und toter Motte. Wir vergruben uns in die klerikale Abteilung. Es gab tatsächlich einen prima Kurienkardinal, den wir sofort Mendelssohn verpassten. Und wie er sich aus der Umkleidekabine schob, im vollen Wichs eines purpurnen Hochklerikers, auf dem Kopf das typische purpurne Wagenrad, an den Händen ein paar der schwulsten Handschuhe, die ich je gesehen hatte – sogar der eher phlegmatische Kostümverleiher stieß einen Pfiff aus. Ich wühlte, bis ich einen Bischof gefunden hatte. Der Kostümverleiher brachte aus einem Raum voller Zubehör einen Krummstab sowie einen dicken Siegelring. Ich verschwand in der Umkleide und hörte Cromwell in der Nachbarkabine kichern und ächzen. Ich muss gestehen, dass mir meine Uniform wirklich das Selbstbewusstsein frisierte: Ich trat heraus, ging auf und ab, setzte dabei sorgfältig und würdig den Bischofsstab und dachte bei mir: »Warum eigentlich nicht immer so?« Dann bekam ich einen unsortierten Lachkrampf, denn ich sah mich im Glanze meiner Tracht plus die Mitra auf dem Haupt im Hinterhof von Aldi einen Container inspizieren. Und wie Hochwürden einen Sixpack Trink-Joghurt aus der Tonne zog, sowie drei Bund gefleckter Möhren …

Ich beschrieb Mendelssohn sein ordiniertes Aussehen. Kleider scheinen tatsächlich Leute zu machen, auch Mendelssohn bewegte sich in seinem Purpur mit einer bisher nie an ihm gesehenen Bräsigkeit. Dann schlug ein Vorhang zurück und Cromwell trat aus seiner Kabine. Er hatte den Talar eines Messdieners übergeworfen. Dazu ging er gebückt und trug ein verlogen-unterwürfiges Grinsen zur Schau. Dergestalt buckelte er sich an uns heran und flüsterte: »Exzellenz – die Gemeinde wartet nur noch auf SIE!«

Wir hinterlegten unsere Kaution und machten uns auf den Weg zu Cromwells Auto. Passanten starrten uns an. Verunsichert. Wir mussten also einen recht authentischen Eindruck machen. Cromwell buckelte vor uns her, während Mendelssohn und ich nebeneinander spazierten, mit ernsten Gesichtern, als wären wir mindestens unterwegs zur nächsten Papstwahl. Feierlich stieg unser kirchlicher Dreierpack in Cromwells abgewrackte Karre.

»Wir sollten uns das Cabrio von Thorsten leihen. Was glaubt ihr, was wir damit hermachen! Vor allem an einer roten Ampel! Die Mädels würden uns lieben!«, rief Cromwell begeistert und suchte in seinem Autoradio nach der zu uns passenden Musik. Einige Sender brachten bereits vorpfingstliche Klänge, und so kam es, dass wir drei Figuren unsere Fenster hinunterließen, so dass sich dem Fußgänger folgendes Bild bot:

Ein blonder, längst schon volljähriger Messdiener am Steuer, neben ihm ein sehr ernsthaft blickender Kardinal mit Sonnenbrille, auf dem Rücksitz ein Bischof, der wegen seiner hohen Mitra den Kopf schief hielt und seinen Bischofsstab quer über die Hutablage gelegt hatte. Und zu all dem dröhnten Choräle von Palestrina aus den zitternden Boxen. Menschen blieben am Fahrbahnrand stehen, wir wurden begafft, man zeigte mit Fingern auf uns und man lachte.

Weil wir so gut ankamen, beschlossen wir, uns ein wenig unters Volk zu mischen. »Außerdem habe ich Hunger!«, knurrte Kardinal Mendelssohn. Cromwell steuerte den Parkplatz eines großen Möbelmarktes an und parkte in der Nähe eines Imbissstandes ein. Wir wühlten uns aus dem Auto, Messdiener Cromwell hakte den Kardinal Mendelssohn unter, in angemessener Entfernung folgte ich Bischof. Die Leute sahen uns an, manche grinsten, manche schienen unsicher, ob wir nicht doch echt sein könnten. Die Imbissbesitzerin war eine Frau um die fünfzig; ihr nicht wettergegerbter, sondern eher bratfett-isolierter Teint mit den nach unten gezogenen Mundwinkeln verlieh ihrem Gesicht einen defätistischen Ausdruck, der sich auch nicht änderte, als wir drei heiligen Könige vor ihrem Tresen Aufstellung nahmen. Wir bestellten Rindswurst mit

Pommes, Cromwell spendierte diese Runde, und als er den nach oben aufgerundeten Betrag mit einem »Stimmt so!« der Frau entgegenschob, fügte er sogar noch ein wohlwollendes »Vergelt's Gott!« hinzu. Während Mendelssohn sich bemühte, einen Lachkrampf zu unterdrücken, bewegte sich im Gesicht unserer Wurst-Dealerin – nichts. Cromwell beugte sich zu mir rüber und flüsterte: »Sie hat ein verhärtet' Herz. Ein Herz wie ein Klumpen ranziges Kokosfett.« Wir nahmen unseren Imbiss zu uns, wobei wir unsere Papptellerchen sorgfältig auf Abstand zu unseren wertvollen Roben hielten. »Lasst uns reingehen und in der – sagen wir mal: Bettenabteilung den Leuten die Beichte abnehmen!«, schlug ich vor. Cromwell und Mendelssohn prusteten los. Dann fiel mir ein, dass ich noch nie versucht hatte, bei einem Möbelhaus zu containern. Was die wohl so in ihren Müll warfen? Vielleicht Teppiche mit kleinen Fehlern? Oder fehlbedruckte Kissen? Mendelssohn warnte mich: In seiner Gegenwart dürfe ich noch nicht mal daran DENKEN, in den Müll zu kriechen! Und als Erzbischof schon gar nicht!

Bestens gelaunt betraten wir das Möbelhaus.

Das trifft sich gut«, meinte Mendelssohn, er brauche noch ein paar Kleiderhaken. Oder einen Kleiderständer. Für das Vestibül. Wir schlenderten durch die Heimwerkerabteilung, und plötzlich quietschte etwas hinter uns. Ich fuhr herum – und wir drei Kasperle standen vor Laura und Marvie. Die beiden Mädchen lachten und wimmerten und hielten sich dabei an irgendwelchen Regalen voller Schrauben fest. Dann machten wir sie mit Cromwell bekannt. Cromwell hatte wieder einen falsch-demütigen Messdiener-Gesichtsausdruck aufgesetzt und schüttelte unseren Nachbarinnen anhaltend die Hände; erst Laura und dann noch anhaltender Marvie. So anhaltend, dass ich schon einschreiten wollte. Zudem überlegte ich, ob ich in meinem Dress nicht zu lächerlich wirkte und ob Marvie mich ab heute nur mehr als Schießbudenfigur sehen würde … Zum Glück hatte ich wenigstens meine Mitra im Auto gelassen.

Die beiden Schönen waren auf der Suche nach einem Tapeziertisch und wir schlossen uns ihnen kurzerhand an. »Wir wollen demnächst ein Gartenfest geben«, verriet Laura, »und uns fehlt noch ein Buffet.« Laura erzählte grinsend: »Unser letztes Buffet ist nämlich zusammengebrochen. Aber nicht, weil es sich so gebogen hätte, nein. Weil da jemand drauf gefallen ist, und zwar …« Marvie unterbrach hastig ihre Schwester und sagte: »Ihr seid natürlich auch eingeladen.«

»Herrlich!«, rief ich eine Nuance zu schrill für einen Erzbischof. »Ich liebe Gartenfeste!«

Cromwell grinste mich frech an und ich wünschte, ich hätte ihm nie etwas von meinen Gefühlen für Marvie erzählt. Er gab mir sogar einen kumpelhaften Rempler. Ich merkte, dass ich rot wurde, und vertiefte mich vorsichtshalber in einen Stand mit Duschvorhängen.

Wir trugen den Tapeziertisch der Mädels zu ihrem Auto. Cromwell und ich luden ihn in der Schwestern Kofferraum, während die beiden mit Mendelssohn kicherten und tratschten. Und sich für heute Abend verabredeten. Und wir sollten unbedingt in vollem Ornat erscheinen. Und es gehe doch nichts über eine spontane Pfingstparty mit hohen Würdenträgern.

Während der Rückfahrt rief Cromwell gut gelaunt: »Meine Mitbrüder! Wie fühlt man sich denn so, mit einem Bein in der Amtsanmaßung?« Mendelssohn zuckte zusammen: »Meinst du, der Spaß kann uns irgendwie Probleme bringen?«

»Ach was!«, beruhigte ich ihn. »Nur, wenn wir wirklich jemandem die Beichte abnehmen. Oder Trauungen vornehmen. Oder wen taufen. Gell, Cromo?«

Cromwell bestätigte und parkte hinter den Mädels ein. »Also nachher bei uns! So gegen acht!«, riefen sie und schleppten den Tapeziertisch in ihr Haus.

»Ich glaube, das wird ein verdammt schönes Pfingstfest«, sagte Cromwell. Von kleinen Ahnungen befallen, sagte ich zu ihm: »Aber Hände weg von Sister Marvie!«

Worauf Cromwell unentschieden orakelte: »Das wäre das erste Mal, dass wir beide den gleichen Geschmack hätten. Eine nicht unspannende Situation, das.«

Kapitel 6

besteht aus einem ungezogenen Messdiener,
einer unmoralischen Wette
und einer eskalierenden Wurst.

Mendelssohns Berliner Mauer

Da uns bis zum Beginn unserer spontanen Vigil noch etwas Zeit blieb, half mir Cromwell dabei, Mendelssohns Regale in dem nach rechts weisenden Raum zu bearbeiten. Zu zweit verging die Schrauberei wie im Fluge, so dass Mendelssohn sich zeitgleich über den Inhalt seiner Kisten ins Bild setzte: »Bücher. Was für Bücher habe ich hier?« Ich warf einen Blick in seine Kartons: »Du bist gerade an – Moment mal – Kinderbüchern. In der Kiste daneben, das sieht mir nach – Geschichtsbüchern aus.« Wir sortierten

Mendelssohns Habe in die Regale ein, während Mendelssohn einzelne Bücher betastete, sie qua Betasten identifizierte, den Titel nannte und sie liebevoll streichelte, bevor er sie an uns weitergab. Jedes einzelne Exemplar verzückte ihn so zeitraubend, dass unsere Arbeit ins Stocken kam. Auch der Bücherwurm Cromwell geriet ins Stöbern; erst schweigend, dann las er uns hie und da eine Stelle, einen Satz oder eine Passage vor. »Hast du gar keine Ratgeber?«, nölte ich dazwischen. »So etwas wie: ›So erobere ich das Herz einer zur Zeit anderweitig besetzten Frau‹? Oder ›So mache ich meine Nachbarin klar‹?« Cromwell gab mir zu bedenken, dass Frauen sich unter anderem besonders von Männern mit Macht angezogen fühlten. Von Männern, die einen gewissen Status besäßen. Am liebsten einen Promi-Status. Und sei dieser auch noch so intern und auf einen bestimmten Kulturzirkel begrenzt. Wie beispielsweise der Status der Wurst im Theaterleben. Und da ich über keinen solchen verfüge, könne ich eigentlich nur eines in die Waagschale werfen: Humor. Frauen stünden – das habe er in einer Studie gelesen – auf Humor. Aber da er mich im Grunde meines Herzens für einen ernsthaften, ja depressiven Jammerlappen halte, wäre auch schon geklärt, wer von uns beiden am Ende die schöne Marvie nach Hause führen würde, nämlich der ungekrönte Scherzkekskönig Cromwell, der schon als Kind den Ruf einer Bonmot-Maschine innegehabt hätte und sich – quod erat demonstrandum – vor Weibern kaum noch habe retten können. Und Cromwell seufzte gefälscht auf: Er sei nun mal als Womanizer zur Welt gekommen, verspreche aber, sobald er mit

Marvie fertig sei, bei ihr ein gutes Wort für mich einzulegen. »Unverschämtheit!«, quengelte ich.

Es war herrlich, dass Cromwell zu Besuch war und dass wir in diesen unglaublichen Klamotten steckten und uns wie dreizehn fühlten – so prächtig im Saft und so sorglos, was all die hässlichen Alltags- und Erwachsenenkümmernisse betraf. Und so neugierig auf die Welt und so angstlos in sie hineinplatzend.

Und wir begannen ein wenig zu raufen, Mendelssohn hörte unserem Treiben um die Kisten herum zu und sagte dann: »Ein Sittenbild aus dem Alltag in einer Diözese: Erzbischof jagt Messdiener.«

In diesem Moment floss eine bekannte Geräuschkulisse durch die Ritzen von Mendelssohns Villa.

Cromwell horchte auf: »Was ist das? Ist es das, was ich denke? Und wenn ja: Bittebitte, darf ICH?«

Mendelssohn machte eine großzügige Geste, ich setzte Wasser auf. Und ließ darin etwas Tütensuppe sich auflösen. Cromwell nahm mit vor Freude und Bischofshatz geröteten Wangen den hohen Pappbecher mit dem fettigen Trunk entgegen. Mendelssohn und ich bezogen Position am Fenster zum Haus der Plumpskuh.

Es war surreal: Thorsten wartete mit laufendem Motor vor dem Geisterhaus, von hinten näherte sich ein angejahrter Messdiener mit Becher. Der Ausschnitt von Thorstens Rückspiegel schien den Messdiener nicht in toto abzubilden, denn Thorsten zeigte keinerlei Anzeichen von Unruhe angesichts des sich ihm nähernden Ornates.

Schon gar keine Zeichen des Wiedererkennens einer bestimmten Szenerie. Nein, ruhig bis auf einen uns schon bekannten dreifachen Hupton saß Thorsten in seiner Schüssel, breit, satt und voller Urvertrauen in sein lautes Leben und die Straßenverkehrsordnungen der Welt. Dann erreichte Cromwell die Beifahrertür. Mit der rechten Hand stützte er sich auf dem Wagenschlag ab, in der linken hielt er seinen Becher. Er beugte sich zu Thorsten und schien etwas zu fragen. Thorsten sah auf seine Armbanduhr und schien etwas zu antworten. Dann sah Cromwell ebenfalls auf seine Armbanduhr, die er am linken Handgelenk trug.

Der Rest verlief wie gehabt: Thorsten schoss entsetzt von seinem Polster hoch. Die Plumpskuh erschien an der Tür, kehrte um und erschien erneut mit einer Rolle Küchenkrepp. Cromwell wirkte hochnotpeinlich berührt, wurschtelte sein Gewand nach oben, kramte ein Taschentuch aus einer Hosentasche und begann, auf dem Beifahrersitz herumzureiben.

Er hatte – ich schwöre es: Tränen in den Augen!«, berichtete uns Cromwell später. »Ein wenig kam er mir vor wie ein gebrochener Mann. Leute: Wir haben tatsächlich einen Mann gebrochen!« Wir schüttelten uns feierlich die Hände. »Auf, auf, meine Brüder!«, rief Mendelssohn. »Und jetzt wollen wir doch mal sehen, wer heute bei der Jungfer Marvie und in Christo zum Stich kommt!«

Auf dem Weg zu den Lövenichs kam Cromwell auf die unmoralische Idee, dass wir diesbezüglich Wetten abschließen könnten. Ganz unbürokratisch: Den Jackpot bekäme, wer Vollzug melden könne. »Ich bin dabei.« Und aufgekratzt fügte ich hinzu: »Wenn du wüsstest, wie du mich anwiderst!«

»Mich auch!«, echote Mendelssohn. »Und ich bin die Bank! Wenn keiner von euch, dann ich Jackpot!!«

»Wie viel?«

»Jeder einen Fünfziger?«

»Pah! Einen Fünfziger! Meine Marvie ist unbezahlbar! Sagen wir: Hundert pro Nase.«

»Okay. Hauptsache, meine Mutter erfährt nichts von diesem sexistischen Treiben! Sie hält mich nämlich für wohl erzogen!«

»Keine Sorge, deine Geheimnisse sind gut bei mir aufgehoben. So wie zum Beispiel die Sache mit der Schwedin … wie hieß die noch … Kierkegaard?« Und Cromwell tat so, als würde er mich würgen, während ich so tat, als hänge mir die Zunge aus dem röchelnden Hals. Mendelssohn sagte sachlich: »Und wieder eine Alltagssituation aus einer Diözese.«

Katharina öffnete uns die Tür und brach in einen Begeisterungssturm aus: »Ihr seht aus! So echt! Man möchte ja glatt einen Knicks machen!«

Cromwell stellte sich vor, behielt recht lange ihre Hand in der seinen und sagte mit einer Stimme wie Haferschleim: »Bitte keine Umstände, meine Tochter.«

Wir gerieten in einen Streit, ob es einem Messdiener überhaupt erlaubt sei, jemanden mit »meine Tochter« anzusprechen. Dafür sei so ein Messdiener doch viel zu weit unten in der Hierarchie. Ja, der Messdiener sei der Fußabstreifer des Herrn und doch bloß erfunden worden, um schwere Kerzen zu tragen, das Glöckchen zu bimmeln und um sich vom Priester für einen Beutel Gummibärchen die Rosette …

»Bäh!«, meinte Katharina. »Kommt rein, kommt rein!«

Im Garten standen die letzten Sonnensäulen; durch das Blattgrün bohrten sie sich mit im Laufe des Tages sanft gewordenem Nachdruck auf den Rasen. Unter dem großen Lövenichschen Sonnenschirm standen diese paradiesisch bequem aussehenden Kippliegen, und wir heiligen Männer durften uns sofort darauflegen und nicht mehr rühren; Speisen und Getränke würden unverzüglich aufgetragen und wir könnten derweil ja ein paar theologische Fragen erörtern.

Mendelssohn nahm diese Aufforderung todernst und fragte uns tatsächlich, was wir von einem neuen Schisma halten würden: Ob das der heutigen Kirche aus der selbst geschaufelten Grube heraushelfen könne oder nicht!?

Bevor wir uns zu dieser Frage äußern mussten, flog der Rest der Lövenichs ein: der Knabe Ritchie grüßte artig und baute zwei große Krüge voll bunter Flüssigkeit vor uns auf, eine grüne und eine pinkfarbene. Laura brachte ein Tablett voller Gläser mit und Marvie das reizendste Lächeln der Welt sowie eine Platte voller Häppchen und ein so beiläufig tief geschwungenes Dekolleté, dass mir beinahe verräterischer Sabber in die Mundwinkel getreten wäre. Ich warf Cromwell einen raschen Seitenblick zu: Mein Cromwell hatte die Hände in falscher Andacht über dem Ornat gefaltet und sah dabei abwechselnd von der Schnittchenplatte zum Ausschnitt und zurück. Dann sah er mich an, grinste dreckig und sagte leise: »Ich erhöhe auf Hundertfünfzig!« Und laut: »Aber IHR müsst euch auch noch verkleiden! Wir wollen doch alle stilvoll dieses Pfingstfest begehen!« Die Mädchen gaben kleinlaut zu, überhaupt nicht zu wissen, was es mit dem Pfingstfest denn auf sich habe. Weihnachten und Ostern seien ihnen geläufig, von Geburt und Auferstehung hätten sie gehört, aber Pfingsten? Mendelssohn wurde stante pede schulmeisterlich: Zu Pfingsten sei der heilige Geist über die Jünger und die Apostel gekommen, und diese hätten plötzlich in allen Sprachen der Welt kommunizieren können. Und im Besitz dieser beneidenswerten Fähigkeit hätten sie dann alle möglichen Völker der Welt heimgesucht, um ihnen (in ihrer jeweiligen Muttersprache) die Mär vom Erlöser aufzuschwatzen. Und sie zu einer sofortigen Taufe ihrer heidnischen Person aufzufordern. Der Erfolg dieser großen linguistischen Klinkenputzerei: Tausende wurden in Null komma nix durch diese Haustürgeschäfte zu zahlenden Mitgliedern der Kirche, und deswegen gelte das erste Pfingsten als offizieller Gründungstag der apostolica ecclesia.

»Nicht zu vergessen«, sagte ich, »Pfingsten ist ähnlich dem jüdischen Festtag Pessach. Und zwar wegen der Offenbarung der Tora an das Volk Israel.« Zu dieser Klugscheißerei versuchte ich ein Gesicht aufzusetzen, das mich als eine Art »sympathischer Gelehrter« ausweisen sollte. Und während ich mich darum bemühte, etwas Wissendes, Durchgeistigtes wie aber auch auf herzliche Art Handfestes, positiv Irdisches auszustrahlen, beugte ich meinen Oberkörper aus dem Sessel heraus meiner Marvie entgegen und nahm mit professoralem Blick einen tiefen Zug aus ihrem Dekolleté. Ich musste gar nicht hinsehen, um zu wissen, dass Cromwell heftig darüber nachdachte, wie ich am besten aus dem Rennen zu werfen sei.

»Heiliger Geist – das ist ein schwieriges Motto für ein Kostümfest«, sagte Katharina. Die Mädchen zogen sich ins Haus zurück. Ritchie blieb bei uns mit der Begründung, er sei ja nach damaligen Maßstäben nur ein Sklave, ein Unfreier, den sich die Mädchen als Mundschenk hielten. Und wir mögen unbedingt von seinen Limonaden kosten.

An dieser Stelle kam Leben in Ritchie; nachgerade inbrünstig pries er uns seine Kreationen an: Die pinkfarbene sei mit Mango und Himbeer, die grüne mit – logisch! – Waldmeister, und diese habe er auf den Namen »Frosch-Pipi« getauft. Dazu kicherte er, offenbar entzückt von dieser Namensgebung.

Mir kam der Gedanke, ich könnte mich in Ritchies Alter sehr vertan haben; er schien mir eigentlich nicht wie ein Zwanzigjähriger, sondern eher wie einer von uns, also etwa dreizehn. Und auf dieser Ebene entwickelte sich auch sofort ein entspanntes Gespräch über Bowle, Balsa-Holz und die Pflichten eines Messdieners.

Als die Mädchen nach einer halben Stunde auf dem oberen Treppenabsatz zum Garten erschienen, übertupft von dem letzten rotgoldenen Sonnenschimmer und seitwärts illuminiert von der kugelrunden Gartenlaterne, wurde meine bisher so gut vertuschte Sabberei heftiger. Die drei hatten sich als Römerinnen oder Griechinnen, jedenfalls als irgendetwas Antikes herausgeputzt. Katharina und Laura trugen lange weiße Herrenhemden, offenbar dem langen Bruder aus dem Schrank gestohlen; darüber hatten sie einer Toga gleich Bettlaken drapiert, und ihre Füße steckten in Sandalen. Und Marvie – Marvie – Marvie!!! Drei Ausrufezeichen reichen nicht, um das sehr kurze weiße Leibchen zu beschreiben, dessen Auslassungen an Bein und Busen nur halbherzig von einer sehr großen geklöppelten Tischdecke verborgen wurden und eigentlich durch die unregelmäßige Löchrigkeit des Materials um so schärfer und heißer hervortraten. Dazu trug sie weiße Turnschuhe mit kleinen Enten darauf. Ob sie wusste, was sie da gerade anrichtete? Ob sie überhaupt wusste, wie sie wirkte? Ich nehme doch mal an, dass dies zu den ersten Lektionen an einer Schauspielschule gehört: Die eigene Wirkung. Marvie musste also zumindest AHNEN, dass sie unsere Gekröse auf hundertachtzig brachte!

Ich wagte nicht, Cromwell anzusehn. Ich KONNTE Cromwell gar nicht ansehen, da sich meine Blicke in Marvies Körper eingehakt hatten wie ein Bersteiger im Zweitausender. Ich musste alle Kraft zusammennehmen, um a) meinen Blick mit einem Ruck auf die bunten Limonaden zu lenken und b) einen möglichst unverfänglichen, ja unschuldigen Ausdruck auf mein garantiert lechzendes Gesicht zu stemmen.

Zur Entschärfung meines libidinösen Zustandes begann ich damit, Mendelssohn die Kostümierung der Schwestern zu beschreiben. Cromwell nutzte die Zeit für Komplimente: »Hinreißend! Das solltet ihr IMMER tragen! So eine Grazie und Anmut! Und Marvie: Was für niedliche Enten auf deinen Schuhen! Was für ein spielerischer Kontrast zu dem eleganten Faltenwurf darüber!« Und schamlos bohrte er seine Stielaugen in das löchrige Klöppelwerk. Die Mädchen lächelten erfreut und angetan. Ich musste ihn sofort stoppen! »He, Messdiener! Schenk' er mir ein Glas Frosch-Pipi ein! Aber dalli!« Cromwell sah mich an, als würde ich in fremden Zungen sprechen und meinte dann trocken: »Hochwürden ist wohl zu heiß unter der Kutte?«

»Frecher Bengel! Nimm dies!« Ich fuhr von meiner Liege auf, griff nach meinem Bischofsstab und jagte Cromwell damit um den Platz.

Dieses Glücksgefühl, das nicht nur auf mich beschränkt zu sein schien, sondern geradezu kollektiv wirkte: die Geschwister in ihren Verkleidungen, ihre Freude an kindlichem Schabernack, plus uns Dreien, in unserer Narrentracht plus übermütiger Feiertagsstimmung… Es fühlte sich an wie ein großer, harmonischer, Kobolz schießender Kindergeburtstag. Fernab von Mühen und Plagen, geborgen in einem urtümlichen Zustand von Vertrauen in das

Wahre, Schöne, Gute und Alberne. Besoffen ohne Alkohol, high ohne Droge, mit einem Wort: verzaubert.

Außer Atem ließen wir uns wieder auf die Liegen fallen: »Das kostet dich zwanzigtausend Ave Maria!«, hechelte ich Cromwell entgegen. »Und außerdem darf ICH die nächste Fuhre in Thorstens Wagen platzieren!« Auf die fragenden Blicke der Geschwister hin begannen wir, unser Thorsten-Erziehungsprojekt zu schildern. Den Geschwistern leuchtete unser pädagogisches Experiment sofort ein, und auch sie würden da doch gerne einmal mitmischen. Mendelssohn sagte großzügig: »Jeder darf mal.« Laura wandte sich an Katharina: »Haben wir überhaupt eine Haftpflicht?« Katharina seufzte wie unter einer schweren Verwaltungslast: »Natürlich, mein Herz. Du glaubst doch nicht, dass ich euch unversichert durch die Welt gehen lasse!«

Dies war der geeignete Moment, um mehr über Struktur und Organisation unserer Nachbarn zu erfahren. »Dann ist Katharina quasi euer Familienoberhaupt? Sie managt den Laden?«, fragte Mendelssohn. »Nur, so lange Pa weg ist«, sagte Ritchie.

»Und weil sie die Älteste ist«, sagte Laura. Katharina sagte: »Danke. Danke, dass du mich fast jeden Tag daran erinnerst, du gefühlsrohes junges Ding!«

»Stimmt ja gar nicht!«, sagte Marvie. »Du bist nicht alt! Du bist höchstens – also auf mich wirkst du, als wärst du … fünfunddreißig.«

»Danke«, wiederholte Katharina spitz. »Danke, dass du dich um zwei Jahre vertan hast.«

»Nach oben oder nach unten?«, fragte Laura.

Nun legten alle ihre Geburtstagskarten auf den Tisch, Cromwell seine einundvierzig Jahre, Mendelssohn verschämt seinen bald Fünfzigsten, ich meinen Sechsundvierzigsten. Was das Alter der Geschwister anging, hatte ich mich sehr verschätzt. Katharina war mit ihren siebenunddreißig Jahren jünger als vermutet, was sicher daran lag, dass der Posten als Familienvorstand ihr ein wenig Reife abnötigte. Bei Laura hatte ich ebenfalls daneben gelegen, aber wie ich bereits ausführte, kann ich das Alter von Frauen überhaupt nicht schätzen und hatte Lauras Alter mit unschmeichelhaften dreißig statt der tatsächlichen fünfundzwanzig angegeben. Allein bei Ritchie behielt ich recht: Er war zwanzig. Und meine Marvie: ebenfalls. Die beiden waren doch in der Tat Zwillinge. »Ah!«, brummte Cromwell. »Früher habe ich mir immer einen Zwilling gewünscht! Was für ein Team wir gewesen wären, Paulchen und ich. Unschlagbar. Immer die gleichen Klamotten an, die gleiche Frisur, und dann wäre es nur Tür-auf, Tür-zu gegangen. Reingehen, Rauskommen, Verwechslung … Ein Leben wie im Boulevardtheater!«

Mendelssohn: »Also ein Leben, in dem solche Sätze fallen wie: ›Hast du meinen Regenschirm gesehen, Harriet?‹ Und wo dann jemand beiseit' spricht: ›Etwa jenen Regenschirm, den ich bei Lady Shatterhand vergessen habe?‹« Marvie war sofort Feuer und Flamme: »Wie wär's, wenn wir für unser Gartenfest etwas einstudieren würden? Einen kleinen lustigen Einakter? Na? Oh bittebitte!« Die Fraktion der Dreizehnjährigen war sofort dabei. Cromwell rief:

»Ein Stück, das NUR aus typischen Floskeln besteht! Das pure Klischee! Und ich will einen Lord machen!«

Wir erfanden und verteilten so lautstark die Rollen, dass keiner von uns den Türgong hörte. Und während der Garten von unserem kreativen Gezeter widerhallte, drang ein feines rostiges Quietschen durch den Krawall, dann knirschte der Kiesweg hinter der versteckten Seitenpforte, und ein dicker, flatternder Schatten bewegte sich durch die Reihe der Windlichter auf uns zu. Unser Krakeelen verstummte und der Wurstmann stand in unserer Runde. Schwarz gekleidet, fett aufgetürmt, in flackerndem Licht und Gegenlicht bedrohlich wie eine Riesenfledermaus, wie ein böses Omen. Mir pickelte sogar etwas Gänsehaut über den Rücken, als mich sein Blick traf. Nur kurz, aber recht heftig: Die Zähne gefletscht, ein Lächeln antäuschend, dazu unpassend umwölkte Stirn, die Augen unklar, schleierhaft, mir kam in den Sinn: »Wie von der eigenen Dunkelheit geblendet …«

»Guten Abend«, gurgelte es aus seinem Leib.

Allgemeine, verhaltene Erwiderung seines Grußes.

Cromwell sah mich fragend an, ich nickte: Das war unser Feind.

Marvie schien hin und hergerissen zwischen einer Begrüßung und sofortigem Versinken in den Boden. Sie entschied sich für stumme Starre.

»Ihr habt wohl mein Klingeln überhört. Aber weil ich es hier hinten lachen hörte, dachte ich … darf ich?« Und er setzte seinen Korpus auf Marvies Liege ab und legte einen Arm um ihre Schulter und gab ihr einen Kuss. Sie blieb weiterhin in Starre, wie ein gefrorenes Erdmännchen saß sie da, aufgerichtet, Kreuz durchgedrückt, Kopf erhoben und insgesamt reglos. Niemand wusste, was zu sagen sei.

»Marvie, kann ich dich einen Moment sprechen? Allein?« Der Wurstmann hatte entweder Kreide gefressen oder Helium getankt; jedenfalls klang seine Stimme falsch, hoch und schmierig zugleich. Mir wurde klar: Zwischen den beiden hatte es geknallt. Und Wurst wollte das jetzt wieder einrenken. Sein Gesichtsausdruck changierte zwischen devot und fordernd – eine beunruhigende Mischung aus Demut und Brutalität. Mir wurde bang um Marvie. Mein Instinkt hupte: Wir dürfen die beiden jetzt auf keinen Fall alleine lassen!

Die Instinkte der anderen schienen Ähnliches zu melden, denn Katharina zog sich eine Decke fester um den Körper und setzte sich zurecht, als wolle sie ihren Platz in diesem Leben nicht mehr verlassen. Laura tat es ihr gleich, und Ritchies Körperhaltung war vom lockeren Lümmeln bruchlos in Wachsamkeit übergegangen.

Schweigen.

Dann erst bemerkte Wurst unsere Kostümierung. Er musterte uns, als hätte er ein Rudel Geisteskranker vor sich. Sein Blick blieb besonders an Cromwell und mir hängen. Sein Ausdruck wechselte von erstaunt zu abfällig. Dieser Typ schien zu RIECHEN, dass wir ihn nicht nur nicht leiden konnten, sondern auch bereit waren, ihn vom Markt zu fegen und ihm Hörner aufzusetzen – Hörner, wie sie die Welt noch nicht gesehen hatte …

Marvie schien noch immer nicht bereit, sich zu rühren. Wurst behielt seinen besitzanzeigenden Gestus bei. Irgendjemand musste die Situation auflösen. Katharina rührte sich zuerst: »Wir sind gerade mitten in einer Besprechung«, sagte sie höflich, aber bestimmt. An der Wurst schien diese eindeutige Ablehnung spurlos vorüberzugehen: »Was plant ihr denn für eine Veranstaltung, so, wie ihr gekleidet seid? Eine Posse?«

»Genau! Das ist es: eine kleine Posse. Ein Akt«, sagte Mendelssohn. »Eine Posse aus dem kirchlichen Milieu.«

»Und habt ihr schon einen Text? Oder wollte ihr improvisieren?« Und das fragte er in einem Tonfall, der eigentlich sagte: »Was wollt ihr kleinen Loser auf dem schweren Boden der Schriftstellerei? Tut doch lieber etwas, von dem ihr was versteht!«

Nun meldete sich Cromwell. Er tippte an seine Stirn und sagte: »Unsere kleinen grauen Zellen werden das schon richten.« Und ich fügte mit falsch-demütiger Stimme hinzu: »Unsere kleinen Zellen UND natürlich Gott.« Die Schwestern lachten, und das schien der Wurst überhaupt nicht zu gefallen, denn jetzt wurde er amtlich: Dass es nicht so einfach sei, einen Akt – und sei es auch ein einziger, kleiner Akt – zu schreiben. Und da könne ja wohl jeder kommen? Nein, da könne eben nicht jeder kommen. Dann schien sich der Wurstmann darauf zu besinnen, dass er nicht zum Streiten hier war, sondern zum Buhlen. Er mäßigte sich, kippte seine Stimme ins Freundliche und sagte sympathisierend: »Ich kann euch gerne dabei helfen.«

»Ach, lass das mal unsere Sorge sein!«, sagte Cromell

so betont leichthin, dass ich mich an der Stelle von Wurst gedemütigt gefühlt hätte. Aber Wurst schien doch eine dickere Haut beziehungsweise eine fettere Pelle zu haben als vermutet: Er entblödete sich nicht, wieder seine Griffel um meine Marvie zu legen und uns zu verstehen zu geben, dass wir selbstverständlich auf seine Hilfe angewiesen seien. Und er uns wirklich gerne und freigiebig an seiner Kunst teilhaben lassen würde.

Er tat mir plötzlich leid. Da saß eine dicke, dicke Wurst und wollte nichts anderes, als ein bisschen mitspielen. Aber die anderen waren alles andere als begeistert. Sie überhörten sein Bitten und sprachen alle durcheinander: Katharina und Ritchie befanden, dass die geplante Posse ein Hauptvergnügen würde; Mendelssohn begann, mit Cromwell über das Bühnenbild zu fabulieren; Laura sagte, dass unser Stück auch gerne eine Musikeinlage haben sollte. Marvie saß immer noch ruhig da und ließ sich von der Wurst anfassen. Welch ein unappetitlicher Anblick! Seine kleinen feisten Hände! Sein Wanst – prall wie ein Medizinball mit zu viel Atü. Wie konnte sich eine Elfe wie Marvie so einem sprechendem Knödel hingeben! So einer dank eines zu großen Egos aufgetriebenen Buchtel! So einem Vollhorst! Allein der Gedanke, dass diese Hände, die eher eine Ähnlichkeit mit Weißwürsten statt mit normalen Extremitäten hatten, meine Marvie befummelten – mein gerade aufkommendes Mitleid mit dem Plumpsack erstarb. Oh, zum Kotzen! Auch zum Kotzen: Wie dieser Narr mit einer hell leuchtenden Selbstgefälligkeit ein Glas Rotwein nach dem anderen in seinen wichtigtuerischen

Leib schob! »Hast du eigentlich ein Cabrio?«, fragte ich ihn. Das Lachen unserer kleinen Gesellschaft – es war ja geradezu gemein. Wurst versuchte, in seiner Unwissenheit eine möglichst souveräne Figur zu machen. Er sah mich drohend an und fragte mit lauernder Stimme: »Wie meinst du das? Warum willst du das wissen? Und: Nein, ich habe kein Cabrio. Ich brauche im Gegensatz zu manch anderem kein Statussymbol.«

»Neenee, war auch nur ein Scherz.« Ich wollte ihn ja nicht wirklich in Rage bringen, dafür sah er mich viel zu böse an. »Nur ein belangloser Insider-Scherz!«, schob ich schnell hinterher. Und dachte, dass dieser Satz seine Stimmung entschärft hätte. Aber dem war nicht so: Die Wurst platzte beinahe aus der Haut und ging so unerwartet auf Konfrontation, dass mir mulmig wurde: »Ich weiß ja nicht, wer du bist oder was du machst. Aber du scheinst dich für ein echt komisches Kerlchen zu halten!«

Marvie sagte unruhig: »Lass uns doch reingehen. Mir wird kalt.« Dabei sah sie mit gehetztem Blick zwischen mir und der Wurst hin und her. »Haltstopp, nicht so schnell!«, sagte Wurst. »Vielleicht hat mir der Komiker ja noch was zu sagen!«

»Nein, habe ich nicht.« Wurst sah mich an mit einer Mördermine: »Was treibt so einer wie du eigentlich im Leben? Arbeitest du als Clown?«

»Zu viel der Ehre. Ich bin doch nur ein harmloser Erzbischof.«

»Ich würde eher sagen: ein vollkommen harmloses Großmaul.«

Jetzt blickte unsere ganze Gesellschaft besorgt zwischen der Wurst und mir hin und her. Und da erst wurde mir klar, was wir hier vor uns hatten: Nämlich eine eins a und wie aus einem Lehrbuch für soziale Kompetenz sauber eskalierte Situation. Es war wirklich absurd: Da sitzen ein wütender Fettmops und ein süffisanter Erzbischof beisammen, und der Erzbischof hat keine große Lust auf eine Eskalation, kann aber seine Klappe nicht halten. Und jetzt muss der Erzbischof irgendwie raus aus dieser Nummer, ohne dass es zu Tätlichkeiten kommt … Obwohl … Manchmal ist Gewalt nicht rundherum abzulehnen … Aber das wäre nun wirklich nicht erwachsen … Und wie soll man sich noch selbst im Spiegel anschauen, wenn man einen auf die Zwölf als Kommunikation bezeichnet? Man ist doch schließlich nicht Erzbischof Mixa!

Nein, ich musste jetzt darauf achten, dass der Dicke und ich unser kleines Scharmützel ohne Gesichtsverlust beendeten. Und ich sagte etwas, dass ich mir unbedingt hätte verkneifen sollen – aber hinterher ist man ja immer klüger, eine Schwalbe macht noch keinen Sommer und draußen gibt's nur Kännchen –, kurz: Ich Tölpel sagte zu der Wurst – und meinte es durchaus in Befriedungsabsicht:

»Ruhig Blut! Wir kochen doch alle nur mit Wasser!«

Oha.

Völlig falsch.

Die Wurst ging hoch: Sicher würde ICH nur mit Wasser kochen, aber ich sollte da nicht von mir auf ihn schließen; ER sei erwiesenermaßen ein nicht erfolgloser, hart arbeitender Mann, während ich ihm schwerlich vergleichbar sei. Ich wirke auf ihn eher wie ein zurückgebliebener Kasper, wie ein ausrangierter Katzenfurz, dem er eigentlich am liebsten die Fresse polieren würde … und überbordend quakte die Wurst wüste Beschimpfungen, von denen ich mich wunderte, dass er sie mit mir assoziierte. Jedenfalls hat mich noch niemand darauf aufmerksam gemacht, dass mein Gesicht eine einzige Einladung dazu ist, mir die »Zähne einzuschlagen« oder dass ich »den IQ einer vollgeschissenen Windel« habe.

Wir alle waren baff ob dieses abrupten Kontrollverlustes, dieser verblüffenden Eruption. Katharina wurde es jetzt zu bunt: Die Wurst solle nicht ihre Gäste beleidigen, solche Sachen wolle sie nicht in ihrem Garten hören!

Und sofort wendete sich der Zorn der Wurst gegen sie: Was sie sich denn einmische! Und dass er sehr wohl das Recht habe, einen intellektuellen Hänfling wie mich in seine Schranken zu weisen! Auch wenn ihr das nicht passe und sie in ihrem Nassauerleben störe; überhaupt: ihr Nassauerleben! Ihr völlig sinnloses Dasein! Sich aufspielen wie Graf Koks; die ganze Familie sei ja entsprechend verrottet; er selbst stamme nicht aus einem Haushalt, dem von Anfang an der goldene Löffel in den reichen Arsch geschoben worden sei. Er habe immer für sich selbst sorgen müssen. Und sei damit immer gut gefahren beziehungsweise hätte er allein aufgrund seines Talentes sein Leben führen können. Und er hätte es nie nötig gehabt, anderen für seinen Lebensunterhalt in den Arsch kriechen zu müssen, aber bei der Familie Lövenich wäre das ja wohl ganz anders … Kurz: Die Wurst redete sich so richtig in

Stimmung, und nach einer Minute war nicht mehr nachzuvollziehen, WEN er jetzt eigentlich WARUM beleidigte. Nur, dass er über einen sehr passablen Schatz an Kraftwörtern verfügte.

Die Schwestern schauten sich hilflos an und Ritchie schien derart überfordert, dass er mit einem kurzen »Ich muss mal!« im Haus verschwand. Meine Marvie war so blass geworden, dass sie in der Dämmerung nahezu leuchtete. Laura nahm ihre Hand und sprach beruhigend auf sie ein, Katharina war aufgestanden. Sie machte die eindeutigen Gesten eines Gastgebers, der einen Gast hinauskomplementieren will. Mendelssohn lauschte mit vor Konzentration spitzen Ohren. Cromwell und ich erhoben uns unsicher.

»Ich will, dass du jetzt gehst!«, sagte Katharina zur Wurst. »Und ihr bleibt schön sitzen!«, fuhr sie uns an, so bestimmt, dass wir uns wieder setzten. Wurst laberte noch immer weiter – es hatte etwas Automatisches; wie ein ferngesteuerter Beleidigungsroboter zog er sein Programm der Generalbeleidigungen durch. Und meine Marvie schien den Tränen nahe. Und zuckte zusammen, als die Wurst sie aufforderte, sich unverzüglich von ihrer unsauberen Familie loszusagen. Und sie müsse sich jetzt, hier, sofort entscheiden: Wurst oder Familie! Ein »sauberes« Leben mit ihm oder weiter in der schandbaren Familie vegetieren! Na los! Hopphopp!

In meinem Kopf wurde es dunstig. Und Marvie begann nun tatsächlich zu weinen. Während der Dicke weiter hetzte. Er hatte sich erhoben und stand in seinen schwarzen Klamotten vor dem Nachthimmel wie ein pöbelndes Fanal. In dem Moment, da er auf Marvie zuging, zuckte diese erneut zusammen. Sie duckte sich erschrocken, und das war der Augenblick, wo Cromwell und ich aufstanden. Katharina ging zu Marvie, umarmte sie und behielt dabei die Wurst im Blick. Es war insgesamt die Szene aus einer Posse, wie wir sie für das Gartenfest nicht besser hätten erfinden können: die Schwestern und daneben – wie ein durchgeknalltes Paar vom Personenschutz – Cromwell und ich in unseren irren Gewändern. Ein aufgebrachter Bischof und sein Adlatus. Beide bereit zum christlichen Einsatz, zur Rettung der Jungfrau Marvie vor dem bösen Mann mit den schlimmen Absichten. Der böse Mann merkte nun, dass sich alles gegen ihn wendete. Und dass seine Freundin ihm nicht zur Seite stehen würde. Sondern lieber im Kreise ihrer verkommenen Schwestern und der merkwürdigen Nachbarn zugrunde gehen wollte.

Also stieß der böse Mann noch ein paar Flüche aus und stapfte dann schwankend weg, ins Dunkle hinein, der Kies knirschte arhythmisch unter seinen Sohlen, dann hörte man einen kreischend aufheulenden Motor. »Das darf doch nicht wahr sein, dass diese Schnapsdrossel jetzt noch fährt!«, ereiferte sich Cromwell und setzte verantwortungsbewusst hinzu: »Wir sollten ihm die Bullen auf den Hals schicken!« Derweil nutzte ich schamlos die Hilfsbedürftigkeit meiner Angebeteten aus und legte der weinenden Marvie eine Hand auf die Hand. Sie schnorchelte einmal erschöpft auf, dann lächelte sie mich dankbar an. Oh, wie schön ist das Trösten von frischen Witwen. Dann sagte ich blitzgescheit den originellen Satz: »So einen Knaller habe ich ja noch nicht mal in der Klapse erlebt. Hat er das öfter?« Mendelssohn sagte trocken: »Und jetzt stimmen wir alle den schönen Choral an ›Geh aus mein Herz und suche Streit‹.«

Inzwischen streichelte Katharina der noch immer bebenden Marvie den Rücken, ich streichelte verschärft Marvies Hände, Cromwell grinste dazu unanständig, und Laura und Mendelssohn zogen über die Wurst her.

»Bist du jetzt endlich bedient von diesem Monstrum?«, fragte Katharina eindringlich ihre kleine Schwester. Marvie schnaufte noch einmal auf, überlegte eine Weile und sagte dann tatsächlich: »Ihr kennt ihn einfach nicht so, wie ich ihn kenne. Er ist kein Monstrum.«

Katharina und Laura stöhnten laut auf, ich stöhnte innerlich mit. Resignierend sagte Cromwell nur: »Jaja.« Mendelssohn wiegte sein Haupt. Katharina wurde laut: »Ach so! Wie ist er denn sonst so? Ruhig und besonnen?« Mendelssohn murmelte: »Und seine Profilneurose zieht er auch nur an, wenn er ausgeht?« Marvie entwand sich unserem beruhigend-tröstenden Zugriff und wischte sich mit den Handrücken die Tränen aus dem Gesicht: »Ihr wisst nicht, wie er sein kann.« Laura lachte künstlich: »Doch. Eben gerade haben wir erlebt, wie er sein kann.«

»Das ist nicht seine übliche Form!«, sagte Marvie trotzig. »Außerdem habt ihr ihn gereizt!« Dabei streifte sie auch mich mit ihrem umherwandernden, unsicheren Blick.

DAS konnte ich nicht auf mir sitzen lassen, sagte aber in sehr therapeutischem Ton: »Wenn er sich von einem harmlosen Geschwätz wie meinem hat reizen lassen: Wie reagiert er dann erst auf eine echte Beleidigung? Mit sofortigem Totschlag? Oder alle erschießen? Oder wie?«

»Eben!«, sagte Katharina.

Marvie verzog das Gesicht. In ihrem Ausdruck fand so etwas wie eine Überblendung statt, von traurig über trotzig.

Verdammt! Ich hatte mich zu weit und zu wurstfeindlich aus dem Fenster gehängt! Warum hatte ich mich nicht ein wenig schmieriger aus dem Fenster hängen können? Die Wurst nicht wirklich kritisieren, sondern einen Hauch Verständnis heucheln, um dann im rechten Augenblick – also während Marvies scheibchenweiser Loslösung von dem Fettsack – wie von ungefähr auf ihre aktuelle Meinung zuzuschwimmen, diese zu bestätigen und erst mal als echter Freund und guter Berater dazustehen. Wovon es nur noch ein kleiner Schritt wäre zur logischen Alternative … Kurz: Opportunismus wäre das Mittel der Wahl gewesen, eine Gesinnung wie eine Gleitsichtbrille, ein Verhalten wie ein Marshmallow.

Zu spät. Marvie stand auf, sagte rau: »Entschuldigt mich«, und verschwand im Haus.

Katharina seufzte: »Diese dumme, dumme Liebe.«

»Das ist keine Liebe«, sagte Cromwell, »das ist das Stockholm-Syndrom.«

»Und damit kennt er sich aus«, bestätigte ich spitz.

Denn ich war wütend auf mich selbst.

Wir Kostümierten ließen den Abend in Mendelssohns Küche ausklingen. »Da liegt kein Segen drauf«, meinte Cromwell. »Wie gerät so ein süßes Wesen an so einen Beelzebub?«

»Naja, jetzt ist sie ja wieder frei. Frei für euch Triebtäter«, bemerkte Mendelssohn.

»Halthalt!«, rief ich. »Wenn überhaupt, dann frei für MICH Triebtäter! Jetzt bin ICH endlich mal an der Reihe! Und außerdem, mein lieber Cromo: DU hattest ja schon mal eine Schauspielerin! DU solltest spätestens seit Mick die Schnauze voll haben von Schauspielerinnen!«

»Du redest wie Baumann!«, brüllte Cromwell.

»Kinders, Kinders!«, mahnte Mendelssohn und kratzte sich an der Kutte. »Die Nachbarn könnten meinen, ihr hättet Streit!«

»Wir streiten nie!«, brüllte Cromwell wie ein hysterischer Stier.

Dann fuhren wir in seine Wohnung und schauten »Die lange Nacht der Bundesrepublik«. Bis Kurt Georg Kiesinger unterhielten wir uns über Cromwells Erlebnisse in seinem Aushilfsjob, bis Walter Scheel über Marvie und das Dilemma »Die Beziehung an sich«. Ich verschwieg Cromwell mein verregnetes Treffen mit Marvie, unsere schweigenden Minuten im Hause Lövenich, unsere knisternde Begegnung und wie wir uns gemeinsam im finsteren Keller über den Handwerkskasten gebeugt hatten, unklar zusammenpassend in unklarer Gefühlslage mit unklarer Zukunft. Dass es Marvie zu diesem Zeitpunkt definitiv aus ihrer Beziehung zum Wurstmann herausgerissen hatte.

Wie um alles in der Welt konnte es sie wenig später wieder in seine fetten Arme treiben …

Als die Dokumentation bei Gerhard Schröder angekommen war, schlief Cromwell ein und ich legte eine Decke über ihn, radelte nach Hause, fiel ebenfalls rasch in Schlaf und träumte viel. Leider Gottes von Helmut Kohl.

Kapitel 7

beklagt einen Tag ohne Feinde,
Cabrios oder Lustobjekte.

Daran konnte ich mich noch genau erinnern: Helmut Kohl hatte mich in Anwesenheit eines ganzen Auditoriums gedemütigt. Mir unbekannte Menschen standen um mich herum – vermutlich alles Mitarbeiter und Referenten Kohls –, sie grinsten schadenfroh, während Helmut ein schäbigeres Wort nach dem anderen für mich fand: Ich sei ein Bürger zehnter Klasse, ein Auswurf, ein Ausschuss von Mensch … Kein Wunder, dass ich schon wieder schweißnass erwachte. Keine Marvie war mir im Traum erschienen und so lag ich wieder einsam und frierend. Ich stellte mich vor meinen Kleiderschrank und überlegte, was anzuziehen sei. Beziehungsweise: womit ich wohl die beste Figur vor Marvie machen konnte. Mein einziges Feiertagsjackett schied wegen zu großer Feierlichkeit aus und der Rest meiner einmal getragenen, durch und durch im Nachtschweiß gesottenen Kleidungsstücke lag in der Waschmaschine. Ich musste unbedingt aufrüsten. Mendelssohn fiel als Berater beim Kleiderkauf aus. Zwar konnte er erstklassig Stoffe und Materialien betasten und beurteilen, aber um modische Diagnosen musste ich Cromwell bitten. Ich schaute auf die Uhr, stellte fest, dass Cromwell etwa vier Stunden Schlaf gehabt hatte, befand dies als ausreichend und rief ihn herzlos an. Noch herzloser ließ ich es sehr lange klingeln, dann hörte ich ein Krächzen. Cromwell schimpfte, sobald seine Stimme erwacht war. Dann trafen wir uns vor einem großen Second-Hand-Kaufhaus.

Im Sturmschritt durchmaßen wir die Alleen der Kleiderständer, und keine halbe Stunde später war ich auf Anraten Cromwells angetan mit einer fast nagelneuen Jeans und einem Hemd, das mir etwas zu bunt erschien. Aber Cromwell meinte, dass mir dieser Papagei von einem Kleidungsstück gut zu Gesicht stünde und auch die Effizienz meiner Antidepressiva vorteilhaft unterstreiche. Über meinen Schultern lag ein irgendwie vanilliger Pullover, dessen Ärmel ich in der Manier des frühen Gunter Sachs vor der Brust verknotet hatte, damit der Pulli sich beim Fahrradfahren nicht verflog. Beim Blick in den Spiegel kam mir ganz kurz der Gedanke, dass Cromwell mich gezielt widernatürlich beraten haben könnte. Immerhin musste sein Interesse an einem schnieken Nebenbuhler begrenzt sein. Andererseits rechnete ich mir – seit Cromwell mit im Marvie-Rennen war – sowieso nur noch geringe Chancen aus. Welche Elfe nimmt schon einen Schwerblüter wie mich, wenn sie einen Leichtmatrosen wie Cromwell haben kann?

Cromwell leistete sich ein fast neues Sweatshirt in beinahe Blau. Dergestalt getuned fuhren wir bei Mendelssohn vor.

Von unserem Freund Thorsten weit und breit nichts zu sehen, allein sein Cabrio stand stumm und schweigend vor dem Haus der Plumpskuh. Leider wegen der unsteten Wetterlage mit geschlossenem Verdeck.

»Was kann man eigentlich noch so in ein Cabrio schütten?«, fragte Cromwell. »Auf Dauer wird Kaffee oder Brühe doch langweilig.«

»Öl?«, schlug ich vor. »Das dürfte jedem Polster den Rest geben. Oder saure Milch? Das stinkt mindestens über drei Generationen.«

»Oder beim nächsten Mal einfach rüberbeugen und direkt reingöbeln.«

»Das funktioniert nur, wenn man auf Befehl kotzen kann. Kannst du?«

»Noch nie probiert.«

Unsere Räder hatten wir längst abgeschlossen, aber wie auf Verabredung begannen wir – immer mit kurzem Seitenblick auf die lövenichsche Haustür – herumzubummeln. Mit sehr langsamen Bewegungen prüfte Cromwell das Profil seines Vorderreifens, während ich im Schneckentempo meine Klingel aufschraubte und ein wenig ihre Innereien betrachtete. Nichts tat sich im Nachbarhaus. Ich schraubte die Klingel wieder zu und Cromwell kniff abschließend noch einmal in seinen Vorderreifen. Das Haus der Lövenichs blieb verwaist. »Schade!«, murrte Cromwell. »Gerade heute fühl ich mich irgendwie so – unwiderstehlich.«

»Oh, was bist du nur für ein Sack von einem Freund!«

Nichts rührte sich in der Straße. Der Nachmittag verging, der Abend kam, aber das ganze Viertel schien ausgelöscht. Der Fluch des kommenden Feiertages senkte unsere Laune. Während Mendelssohn aufreibend penibel seine Regale einsortierte, lagen wir wie zerknäulte Decken auf seinem Sofa und starrten Löcher in die teuren Wände. Kurzfristig erwog ich, den Freunden von meinem Gesundheitszustand zu berichten, ließ es dann aber aus Faulheit doch bleiben. Ohne eine Marvie im Nebenhaus war mein Leben sowieso sinnlos.

Kapitel 8

beschreibt Schlomos gesundheitlichen Abwärtstrend sowie eine fatale Selbstmedikation.

Buffet (aus dem Gedächtnis)

Die letzten Messen waren gelesen, der Pfingsthimmel war abgebetet und das Leben kehrte in uns zurück. Beziehungsweise: Mein Gesundheitszustand wurde stetig schlechter. Dem allmorgendlichen Waterboarding nach zu urteilen blieb mir nicht mehr viel Zeit. Bei diesem flinken Verlauf musste ich mich jetzt sogar sputen In diesem Schneesturm an endzeitlichen Gefühlen erreichte uns eine aufwendige Einladungskarte von den Lövenichs: Es gelte, gemeinsam den Sommer zu begrüßen und einzuleiten; um gute Laune und guten Appetit werde gebeten. Und handschriftlich hatte jemand auf Mendelssohns Karte angemerkt, dass diese Einladung auch die beiden Prälaten betreffe, deren Adresse man nicht kenne. »Jawoll!«, sagte Cromwell. »Das wird der Tag der Entscheidung!

DU oder ICH! D-Day!« Und selbstzufrieden betastete er seine ranken Rippen mit einem provozierenden Seitenblick auf meine gepolsterten Rippen. Aber das Containern verhilft nun mal selten zu einer ausgewogenen Ernährung. Außerdem würde mein bisschen Übergewicht im Zuge meiner Krankheit schon noch von alleine dahinschmelzen. Und wäre ich erst mal krebsbedingt abgemagert, würde sich Cromwell schon noch schämen für seinen rücksichtslosen Übermut.

Auch das Klima schien mich verhöhnen zu wollen – jeder Tag begann nun mit leichtfertiger Sonneneinstrahlung; alle Pflanzen, die sich bis jetzt noch in abwartender Vorknospe gehalten hatten, donnerten mit einem Mal aus sämtlichen Ästen und Stängeln. Innerhalb kurzer Zeit war die Stadt nicht mehr nur bedeckt mit locker-grünem Schimmer, sondern getaucht in saftiges Vollgrün. Während ich mit dem Rad unter den neuen Lauben und dem blitzblanken Himmel dahinfuhr, wurde mir doch etwas weh ums Herz. Dass ich jetzt gehen musste… jetzt, wo es gerade richtig schön zu werden drohte… in der Blüte meiner Jahre herausgerissen aus der an allen Ecken knallenden Fülle der Natur… Wir säten, jäteten und murksten in Mendelssohns Garten herum. Und hinter der Mauer waren die Vorbereitungen zum Sommerfest vernehmlich: Bierbänke wurden geliefert, Pavillons errichtet, Katharinas Stimme dirigierte die Geschwister durch einen Wust an Geräuschen, den Mendelssohn für uns sezierte: »Dieses komische Sssst! und Klonk! – Das müssen Klapptische sein.«

Wir boten unsere Hilfe an, wurden aber abgewiesen, wobei alle Lövenichs dramatisch geheimnisvolle Gesichter dazu schnitten; aus Mimik und Gestik war nur zu erkennen, dass es sich bei dem kommenden Fest mindestes um ein logistisch-geheimdienstliches Unterfangen der Größenordnung »11. September« handeln musste. »Vielleicht wollen sie um Mitternacht eine Cessna in den Michel fliegen lassen?«, schlug Cromwell vor. »Oder eine Airbus bei Airbus rein?«

»Und von unserer geplanten Posse ist auch keine Rede mehr«, verriet uns Mendelssohn von seinem Horchposten. Aus Langeweile zogen wir in Betracht, Mendelssohns Gartenmauer zu verschönern. Um ihr ein bisschen Weltflair zu verleihen, könnte man doch erst das Graffiti »Die Mauer muss weg!« draufsprühen und dann einen hübschen Todesstreifen zurechtharken. Doch auch Cromwells Vorschlag, als Krönung einen ausgestopften Schäferhund dazuzustellen, wurde von Mendelssohn abgelehnt: »Ihr seid doch bekloppt.«

Und genau so fühlte ich mich auch: Marvie hatte ich jetzt so lange nicht mehr gesehen, dass mir das Hirn vor Entzug in der Schale kreiste und in meiner Brust sich ein wiederkehrender stechender Schmerz einstellte. Aber das konnte natürlich genauso gut ein Ausläufer meiner Krebskrankheit sein. Da ich zusätzlich zu den nächtlichen Schweißbädern auch noch überraschend ein Viertel Kilo abgenommen hatte, war ich mir nun auch ohne CT und MRT meiner Sache völlig sicher: Es konnte sich nur noch um Monate handeln. Ich machte mir eine Liste der zu erledigenden Formalitäten. Da müsste ein Testament geschrieben werden, und auch ein paar wirkungsvolle letzte Worte wollen ja bedacht sein. Auch überlegte ich jeden Abend vor dem Einschlafen hin und her, ob ich mich wohl von jedem meiner Lieben persönlich verabschieden sollte oder ob es eine Rundmail täte oder wie oder was. Allein an den Zeilen für Marvie knabberte ich nun schon seit mehreren Abenden:

Liebste Marvie… zwar war es uns nie vergönnt… quatsch! Zu förmlich! Meine liebe Marvie! Der Moment, da Du und ich – beide regennass & schlechter Laune… Blödsinn. Meine Liebe! Wenn ich könnte, wie ich wollte – Moment mal! Ich KÖNNTE doch, wie ich wollte! Ich hab doch nix mehr zu verlieren! Ja, was WÜRDE ich denn, wenn ich könnte, wie ich wollte? Nochmal alles auf null: Geliebte Marvie. Du Feuer meiner Lenden. Du Elfe meines Lebens. Du elfst durch meine kranke Brust, seit ich Dich Elfe zum ersten Mal gesehen habe (da am Gartenzaun, morgens. Remember?) Ja, seitdem bin ich nicht mehr derselbe. Bzw. ein anderer. Ich Wurm. Ich Grottenolm. Ich Nichtswürdiger. Sei DU meine – tja, was denn bloß? »Prinzessin«, harhar! Prinzessin klingt ja nun wahrlich abgelatscht bis zum Dorthinaus! Da kann ich ja gleich »hochachtungsvoll« dazuschreiben! Wie schreibt man denn heutzutage einen flammenden Liebesbrief, ohne dabei schnöde zu werden? Liebe Marvie-Maus, machen wir es kurz: Ick liebe Dir. Du mir auch? Bitte ankreuzen: Ja – Nein – Ein bisschen –.

Ich kam einfach nicht weiter. Mendelssohn konnte ich

nicht um Hilfe bitten, denn ihm waren frauenverherrlichende Vokabeln fremd. Und dem Nebenbuhler Cromwell konnte ich nicht über den Weg trauen. Außerdem war hinter der Mauer nicht herauszukriegen, wie oder ob es überhaupt mit dem Wurstmann weitergegangen war. Jedenfalls tauchte er nicht mehr auf, weder tatsächlich noch im Gespräch. Vielleicht war er ja endlich explodiert?

Ich wedelte mir mit der lövenichschen Einladungskarte Luft zu: »Frage Nummer eins: Wie ist der Dresscode? Fein? Sehr fein? Oder salopp?« Nach dem Aufwand zu schließen, den unsere Nachbarn da hinter der Mauer anstellten, schien die Chose mindestens auf Frack und Smoking hinauszulaufen. Wir passten Katharina am Tor ab und baten um Auskunft. »So feierlich wie möglich«, sagte sie milde lächelnd und ließ uns mit dieser kryptischen Antwort ratlos zurück. Mendelssohn schlug vor, dass wir erst aus dem sicheren Hinterhalt die anderen Gäste beim Auflaufen begutachten sollten, um uns dann dementsprechend zu kleiden. »Papperlapapp!«, sagte Cromwell. »Ich lege meinen leichten Jagdanzug an.« Er grinste mich siegessicher an: »Und du? Die kleine Loser-Kombi?« Ich beschloss, ihn eventuell aus meinem Testament zu streichen.

Der Tag der lövenichschen Feier fiel ins Wasser. Gegen Mittag begannen struwwelige Regenfäden zu fallen, und zum offiziellen Start der Party um achtzehn Uhr stand der Himmel auf Dauernieseln. Die nass glänzende Straße wurde langsam zugeparkt und allerlei festlich gekleidetes Volk eilte ins Nachbarhaus. Aus unerfindlichen Gründen überkam mich ein grausiges Lampenfieber. Was sollte das jetzt? Ich war doch nur ein Gast unter vielen! Und musste noch nicht mal ein Gedicht vortragen! Und selbst wenn ich müsste: Ich würde »Tief drauß vom Walde komm ich her…« nehmen, das konnte ich aufsagen, ohne dabei auch nur eine Hirnzelle zu bewegen! Meine Hände wurden schweißnass, und während ich mir mein Feiertagsjackett anzog, erlitt ich einen Zuckersturz. Ich zog das Feiertagsjackett wieder aus und warf es auf den Boden. Nein, ich wollte mich auf meinen letzten Metern weder verkleiden noch verstellen; ich würde als der gehen, der ich nun mal war, nämlich ein krawattenloser, gebrochener Held, mit einem Bein im Grab und mit dem anderen auf der erfolglosen Pirsch. Außerdem hatte sich mein Nebenbuhler auch nicht sonderlich herausgeputzt; Cromwell trug seine Alltagskleidung. Und Mendelssohn ging wie immer in rabenschwarz – seit der Erblindung hatte er seine Garderobe aus Gründen der Pragmatik auf schwarz-grau umgestellt; so konnte er sich sicher sein, dass er – egal, was er gerade aus dem Schrank zog – immer korrekt gekleidet war und nicht aus Versehen wie ein Ara herumlief. Cromwell sah mich erstaunt an: »Ist dir schlecht? Du siehst so aus… und ich meine jetzt nicht dieses entsetzliche Hemd.«

»Das hast DU mir doch ausgesucht!«

»Das kann nicht sein. Ich würde doch niemandem zu so einem Hemd raten!«

»Ich wusste es! Du willst mich vorführen!«

Cromwell lachte und legte mir begütigend die Hand

auf die Schulter: »Quatsch. Gut siehst du aus. Nur etwas bleich.«

Für jemanden, dessen Tage gezählt sind, ging morbide Blässe ja wohl mehr als in Ordnung. Aber gegen meine aufgeregte Übelkeit musste ich etwas machen. Ich fragte Mendelssohn, ob er über eine Hausapotheke verfüge. Er schickte mich ins Bad; im Schränkchen ganz rechts habe er so dies und das an pharmazeutischen Leckereien. Mendelssohn war wirklich sehr gut sortiert. Die meisten Pillen zwar schon längst abgelaufen, manche auch ohne Verpackung mit Beipackzettel, aber wirklich von allem etwas: ein paar verlorene Antibiotika, etwas Beruhigendes, etwas gegen Durchfall, etwas Eisen, etwas Aufputschendes… Ich entschied mich für eine zwei Jahre alte Tablette gegen Reisekrankheit. Irgendwas würde sie schon bringen, und wenn es sich im Placebobereich abspielte.

Dann rempelten wir uns unter einem Regenschirm zusammen und marschierten zu den Lövenichs.

Kapitel 9

enthält einen sträflich angedonnerten Schlomo,
ein paar positive körperliche Kollisionen
sowie eine Riesenportion Pech für die Wurst.

Marvie und ich beim Fummeln
(aus dem Gedächtnis und
unter Drogen gezeichnet)

Wir wurden empfangen von einer sperrangelweit geöffneten Tür, gedämpfter Musik und ungedämpftem Geschnatter. Über diesen Klangteppich schwebten unsere Lövenichs von Raum zu Raum, von Gast zu Gast. Nicht einer hielt sich im wässrigen Garten auf, die kleinen Pavillons standen nutzlos im Gras, die Bänke waren verwaist, und das eingeladene Menschenmaterial klumpte im Foyer und im Zimmer zum Garten. Ritchie winkte aus der Ferne, und als Marvie zu uns trat, bemerkte ich die Wirkung meiner Tablette. Schlagartig.

Ich weiß nicht, was Mendelssohn unter »Reisekrankheit« versteht, aber mich überkam plötzlich ein selig-verschwenderisches Gefühl von Losgelöstheit. Und Angstfreiheit. UND ich konnte eine gesteigerte Farbsensibilität bei mir feststellen: Marvie trug eine kurze rote Fahne, deren Rot mir derart Rot schien, dass sie frisch von der Maiparade am Kreml zu Besuch sein musste. Ich starrte also auf Marvies Kleid, während sie meine Kompagnons begrüßte, dann stieß mir Cromwell seine spitzen Ellenbogen in die Rippen. Ich schraubte meine Augen eine Etage höher, von Marvies Kleid auf Marvies Gesicht, und statt einer Begrüßung hörte ich mich selber sagen: »Rotfront.« Meinen Weggefährten meinte ich ein gewisses Staunen anzumerken. Aber was konnte ich denn dafür, dass sie nicht selbst auf dieses ausgefallene Begrüßungswort gekommen waren? Diese Langweiler! Ich lächelte exzessiv auf Marvie ein. Was immer auch gegen »Reisekrankheit« wirken mochte: Ich war high. Breit wie ein Rollfeld.

Ich vermute, dass Cromwell und Mendelssohn mich anstarrten. Nein, Cromwell starrte mich vermutlich an, Mendelssohn eher nicht. Es sei denn, auch Blinde können starren. Aber warum eigentlich nicht? Die eindringliche Art, in der Mendelssohn seine Lauscher in die Richtung eines Sprechenden stellt, hat durchaus etwas von Anstarren. Oder besser gesagt: von Anlauschen. Also einem Abhorchen. Von Anstarren auf akustischer Ebene.

Marvies eichhörnchenrunde Kulleraugen legten einen prüfenden Blick auf meine breite Wenigkeit. Vielleicht überlegte sie ja, ob ich denn überhaupt durch die Tür passen würde. Ich zog den Bauch ein und ging seitlich durch die Türfüllung. Alles passte. Innerhalb von Sekunden standen wir inmitten des wohnzimmerlichen Gedränges; ich hatte Mendelssohn untergehakt, und wir wurden durch das Gewühle von Marvie getrennt. Die Gäste standen wie sich wiegende Baumstämme herum, und Marvie leuchtete vom anderen Zimmerende durch diesen Wald hindurch. Da ich nicht wusste, wie ich mich zwischen all diesen Bäumen benehmen sollte, setzte ich ein friedfertig-allgemeines Lachen auf. »Was feixt du denn so bodenlos?«, fragte mich Cromwell. »Hast du was genommen?« Mendelssohn kniff mir erst besorgt in den Arm, dann schlug er sich begreifend an die Stirn: »Oh Gott! Hatte ich am Ende noch welche von diesen Dingsbums in der Apotheke?«

»Diese Dingsbums …«, begann ich umständlich, »… gegen diese Dingsbums sollte nichts einzuwenden sein.«

»Na dann!«, kicherte Cromwell.

»Sollen wir wieder nach Hause gehen?«, fragte Mendelssohn.

»Aber keineswegs!«, sagte ich vorwurfsvoll und summte die Melodie des uralten Rumms-Bumms-Schlagers »Jetzt geht die Par-ty rich-tig-los!«.

»Vielleicht solltest du was essen. Wo ist das Buffet?« Ich führte Mendelssohn durch den Wald sprechender Bäume zu einer wahnwitzigen Pyramide aus weißem Stoff und silbernen Platten. Schwere, stumpfe Kerzenständer standen wie Gardesoldaten und bewachten ein Meer von Häppchen. Katharina und Laura flatterten herbei, richteten Teller für uns und schoben uns auf Polstersessel im Wintergarten. Cromwell scherzte und beflirtete die Mädchen, Mendelssohn aß zierlich Happen um Happen und ich – ich lächelte mein allgemein-friedfertiges Lächeln und suchte über meinen Tellerrand hinaus nach einem Zipfel roten Tuches. Auf der Suche nach meinem roten Tuch Marvie, quasi wie ein sehr friedlicher Stier. Ein riesiger Mann mit wuchtiger weißer Tolle trat zu unserer Gruppe. Die weißen Haare loderten so prächtig um das Gesicht herum, dass ich kurzfristig dachte, die Lövenichs hätten also auch Gottvater eingeladen. Der weißhaarige Riese sprach mit Marvies Stimme, genau so rau, nur zehn Oktaven tiefer, und ich wusste, wer da vor mir stand: Der große, fabelhafte Vater Lövenich in Person! Der Wunderknabe! Sozusagen mein baldiger Schwiegervater! Wahrlich, ich hätte es schlechter treffen können! Ein markanter Mann mit markanter Stimme, ein Sieger, ein Weltenlenker. Nun musste ich mich nur noch beherzt bei ihm einschleimen, dann würde das mit dem Eheschluss schon klargehen! Eilig durchforstete ich die Liste meiner möglichen Referenzen: Marvie würde niemals – niemals! bei mir Hunger leiden, denn immerhin kannte ich die besten Container der Stadt! »Da staunst du, was? Schwiegerpaps?«, dachte ich und sagte: »Ich beglückwünsche Sie zu ihrer wissensdurstigen Kinderschar! Was die alles so durcheinanderstudieren! Und wie anmutig!« Herr Lövenich sah mich an, besser gesagt. Er nahm Maß. Sein Blick war eine offizielle Musterung mit drei Durchschlägen. Dabei fiel mir auf, dass er nicht die schönen braunen Eichhörnchenaugen seiner Kinder hatte, sondern zwei blaue Zapfen. Ich zuckte ein wenig zusammen vor diesen blauen, irgendwie kalten Zapfen. Vielleicht war er nicht der leibliche Vater? Hatte er sich seine Kinder gekauft? Für teuer Geld auf dem Schwarzmarkt? »Ich nehm' vier von den Braunäugigen da!« Nein, dieser blaublickende Hüne würde mich nicht so ohne Weiteres in seine Familie aufnehmen. Da müsste ich schon irgendwelche Husarenstückchen vollbringen, bevor DER mir das DU anbot. Ich verstummte unter seinem intensiven Blick. Cromwell schien weniger beeindruckt, und nun begannen die beiden, sich über Berufe aller Art zu unterhalten. Herr Lövenich schäkerte souverän hin und her, aber sein Blick ging mir nicht aus den Knochen, während es Cromwell offenbar gelang, bei dem Alten zu punkten: Mein baldiger Schwiegervater lachte jetzt sogar dröhnend über irgendein cromwellsches Wortspiel – für meine Begriffe viel zu laut und etwas ZU dröhnend. Und langsam beschlich mich die unschöne Vermutung, dass ich meinen baldigen Schwiegervater nicht leiden mochte. Denn obwohl er seine Gesprächspartner freundlich betrachtete, steckte in diesem Blick eine Riesenportion Distanz, eine Anstaltspackung Abweisung, ja, sogar etwas Verschlagen-Lauerndes. Nein, mit diesem Mann war nicht nicht gut Kirschen essen, mit dem war GAR KEIN Kirschen essen! Trotzdem hingen seine gekauften Kinder wie Kletten an ihm. An jedem Arm eines und eines im Nacken. Und dann kam auch meine Marvie hinzu. Der kalte Schwiegerpaps legte seinen Riesenarm um die kleine rote Marvie und sie lächelte zu ihm empor, dass es wie ein Feuerwerk aus ihren Augen nur so krachte. Und nicht nur des Schwiegerpaps' Lachen war dröhnend, auch seine Beschlagnahmung aller Umstehenden war es. Als wäre alles im Kreis von etwa fünf Metern sein Eigentum, als schien sich alle Materie zu ihm hin zu verdichten und an ihn anzudocken wie an einen Riesenmagneten. Trotz seiner Größe drehte er sich sehr gewandt, hatte plötzlich eine Flasche Champagner im Anschlag und zauberte jedem ein Glas in die Hand. Unversehens war ich inmitten einer sich zuprostenden Clique und vergaß, dass ich keinen Alkohol trinke. Meine Augen suchten das Gewühl nach dem roten Kleid ab, und dann spürte ich Marvies Hand auf meinem Arm. Sie stand zwischen mir und ihrem Riesenvater, und das wogende, dynamische Drängen im Raum ließ ihren Körper sich immer wieder an meinen Körper gesellen, es war wie ein ausgiebiger und wattierter Auffahrunfall. Und mit jedem neuen Körperkontakt wurde ich ohnmächtiger. Ich erinnerte mich überfallsartig und haarklein an meinen ersten Kuss und daran, wie zwiespältig dieser Moment gewesen war: einerseits so bedeutend und wuchtig, als würde die Erdrotation stoppen, und andererseits von einer derart naiven Hau-Ruck-Debilität, dass ich mich im Nachhinein schütteln musste ob meiner damaligen Dämlichkeit. Nur noch am äußersten Bildrande sah ich Cromwell und Gottvater reden und reden, mein Mendelssohn war inzwischen bei Katharina untergehakt, und ich stand da allein auf weiter Flur mittendrin und ging gerade virtuell in meine Marvie über … und stellte mit Schrecken fest, dass der Champagner dazu ansetzte, die Wirkung von Mendelssohns Dingsbums-Tablette zu toppen … Doch Marvie schien Gefallen an unseren kleinen Auffahrunfällen zu haben, denn wieder und wieder fühlte ich ein immer anderes Teilchen von Marvies Körper an meinem Körper, mal einen Arm, mal eine Hüfte und schließlich sogar ein Schulterstückchen, das sich durch leichte Verlagerung und Drehung des ganzen Körpers in ihren Busen verwandelte. Und als solcher an meinem Arm zum Halten kam – sage und schreibe der mich verheerende, wunderbarste Busen der Welt kam zum Halten und schmiegte sich jetzt wohlig an meinen Oberarm! Und das Größte: Niemand um uns herum schien etwas zu bemerken! Inmitten von diesem Bohau an Gästen, Stimmen und Gesten standen wir wie unter einer Tarnkappe und fingerten uns ab wie Zwölfjährige! Da ich nicht wusste, welchen Gesichtsausdruck ich aktuell zur Schau trug, und aus Angst, es könnte sich um etwas Entmenscht-Lüsternes handeln, konzentrierte ich mich kurz auf meine Physiognomie und schraubte mir eine Miene ins Gesicht, von der ich hoffte, sie würde als »harmlos-desinteressiert« durchgehen. Cromwell sprach noch immer mit Gottvater. Nur einige schnelle Blicke in meine Richtung deuteten darauf hin, dass er nicht ganz bei der Sache war. Gottvater drehte Marvie und mir Gottseidank seinen breiten Schwiegervaterrücken zu und konnte also nicht mitbekommen, was ich unsittlicher Wurm da in seinem Windschatten mit seinem Töchterchen trieb. Und Mendelssohn war ja dem Himmel sei dank immer noch blind. Aber dann begegnete ich Katharinas Blick! Und Katharina machte keinen Hehl daraus, dass sie mich Ferkelchen genau durchschaute – und dennoch war ihr Blick freundlich; ja, ich glaubte sogar etwas Anspornendes darin zu erkennen, auf jeden Fall Zustimmung. Und so vergingen die Stunden: Gedämpfte Klaviermusik perlte übers Parkett,

Menschen lachten und sprachen und tranken, der graue Himmel draußen hing wie eine alte Matratze über dem Gartenstück, und der siebente Himmel drinnen schwebte gülden über Marvie, ihren Brüsten und mir. Irgendwann begann Marvie sogar zu sprechen. Sie erzählte mir, dass sie ihre gesamte Schauspielklasse eingeladen hätte, und bei dem restlichen Volk handele es sich um Kommilitonen und Freunde ihrer Geschwister, und der Ehrengast sei selbstverständlich ihr Vater, und ob ich ihn schon kennen gelernt hätte? Ich Dummkopf schüttelte denselben, woraufhin sie mit ihren Brüsten von meinem Arm abließ, diesen ergriff und mich in Richtung Schwiegerpaps zog, vor dessen Augen ich mich sofort wieder zu fürchten begann. Neben Cromwell kam ich zu stehen, von der anderen Seite gab mir Marvie Feuerschutz, und erneut ging meine Psyche vor seinem Blick in die Knie. Cromwell wisperte mir etwas zu; es klang wie »Na, alles okay?«, konnte aber ebenso gut wie »Mann, siehst du scheiße aus« oder »Dieses Schreiben wurde automatisch generiert« lauten. Schwiegerpaps nahm mich nun zum zweiten Mal an diesem Abend optisch in die Mangel, und ich bedauerte, mein Feiertagsjackett auf den Boden geworfen zu haben. Gleichzeitig drückte mir Marvie ein Tellerchen in die Hand und parkte ihre Hand auf meiner Rückwand. Dann erklärte sie ihrem Vater: »Und dies hier ist unser lieber Halbnachbar. Er hat den schönen Spitznamen Schlomo.« Schwiegerpaps hisste seine riesigen Augenbrauen: »Schlomo?«, wiederholte er kernig. Mannomann. Warum hatte ich ausgerechnet diesen Spitznamen. Und nicht etwas Schnittiges. Zum Beispiel »Django«. Oder »Dschimmi«. Oder meinetwegen »Aal-Dieter«. »Schlomo« bestätigte ich heiser und blickte stumm in unsrem kleinen Kreis herum. Dabei fiel mir auf, dass Schwiegerpaps nicht alleine in der Gegend herumstand; während er mich mit seinen Blicken liquidierte, hing an seinem rechten Arm eine Frau. Sie muss schon eine ganze Weile dort gehangen haben, denn ihrem Gesichtsausdruck nach wirkte sie ein wenig gelangweilt, und erst die Nennung meines Spitznamens schien sie zu frischem Leben zu erwecken: »Schlomo!«, stieß sie mit Verve aus und betrachtete mich, als würde mein Anblick sie rühren. Vielleicht bekam sie sogar feuchte Augen. »Je nun«, hub ich an und nagelte in meinem Gehirn den Ansatz einer Entschuldigung zusammen, denn ich hatte plötzlich das Bedürfnis, mich für Allerlei zu entschuldigen: für meine Kleidung, meinen Namen und meine Existenz. Die Frau an Schwiegerpaps' Arm ließ mich gar nicht zu Wort kommen, sondern versicherte mir unverzüglich, ich sei der erste Schlomo, den sie in ihrem Leben kennen lernen dürfe. Hilfesuchend drehte ich mich zu Marvie, die uns einander vorstellte: »Alexa, eine Freundin meines Vaters.« Das Wort »Freundin« holperte und hinkte so laut durch den Raum, dass es nach Eindeutigkeit und Erklärung schrie. War Alexa nun eine Freundin von Gottvater oder eine Freundin? Oder seine beste Freundin oder eine entfernte Geliebte? Auf jeden Fall hing sie an ihm herum, als würde sie das öfter tun. Auch sparte sie nicht an bewundernd-begeisterten Blicken zu ihm hinauf. Aber vielleicht sah sie ja auch IMMER so aus, da sie ja auch mich Schlomo dergestalt anhimmelte? Vielleicht war sie ja das Opfer einer missglückten Schönheitsoperation, und beim Liften hatte ihr der Chirurg aus Versehen das Modell »Bewunderung« draufgenäht? Ich musste kichern. Und merkte sofort Cromwells Ellenbogen in meinen Rippen. Offenbar war mein Kichern zu laut geraten. Vielleicht hatte ich ja auch weniger gekichert als vielmehr gemeckert wie eine alte Ziege. Vielleicht wirkte ich im Augenblick ein bisschen irr auf alle, die nichts gegen die Reisekrankheit eingeworfen hatten? UND: Vielleicht hielt sich meine Marvie ja gar nicht in sympathisch-symbiotischer Absicht an meinen Körper, sondern ich missdeutete lediglich einige unabsichtliche Berührungen? Ich Hanswurst wähnte mich hier im Zustand der vor-kopulativen Extase, und in Wirklichkeit schrubbte sich Marvie bloß von ungefähr und aus Daffke an meiner Rinde? Vielleicht wartete sie ja nur auf das endliche Erscheinen des Wurstmannes und rieb sich derweil halt am Nächstbesten warm? Nein, ich musste sofort um Aufklärung bitten! Ich entwand mich dem virtuellen Würgegriff von Alexa und Schwiegerpaps, nahm meinen Mut zusammen und zog Marvie beiseite. Sie folgte mir. Wir blieben im Foyer stehen, aber auch hier war es so knüppelvoll, dass ich Marvie weiter zog und weiter zog, und schließlich landeten wir in der Küche. Hurtige Bedienstete drapierten Platten, zogen Bräter aus dem Ofen, ließen Korken knallen und füllten Gläser. Marvie und ich standen in einer Küchenecke und machten uns dünn. Das heißt: ICH machte mich dünn und versuchte zeitgleich, möglichst tief und ernsthaft in Marvies Knopfaugen zu schauen. Und mit der Inbrunst eines alten Theaterlöwen bei seinem letzten Vorhang deklamierte ich: »Marvie!«

»Ja?« Sie trat einen Schritt auf mich zu, um hinter uns einen Burschen mit Tablett durchzulassen. Wir standen nun also Aug in Auge, Kühlerhaube an Kühlerhaube und Spitz auf Knopf. Und dann rasselte es aus mir heraus, ohne Rücksicht auf die um uns herum wirbelnden Bediensteten, weil man sich spätestens seit dem alten Rom vor Sklaven für gar nichts zu schämen braucht, weil die ja eh keine Menschen sind, und ich entschuldigte mich bei Marvie für meine Indiskretion und sie möge mich nicht missverstehen, aber ich würde gerne wissen, wie es sich mit ihr und dem Wurstmann verhielte. Und Marvie sagte tatsächlich: »Der Blödmann ist durch.« Und mit glühenden Neuronen und verschwimmendem Blick artikulierte ich ein lautes »Halleluja!«. Marvie lachte. Die Kaffeemaschine hämmerte. Spanferkel wurde vorbeigetragen. Die Küchenfenster schwitzten wie ich des Nachts. Ich hätte noch stundenlang hier stehen bleiben können. Und meinetwegen auch den Löffel abgeben. Mein Ende würde friedvoll sein. Nun nahm Marvie mich bei der Hand und zog mich und sprach – ich muss zugeben, dass ich kein Wort verstand. Zum einen wegen der ablenkenden Klänge rings um uns, zum anderen, weil ich nur noch auf Marvies STIMME hörte, so dass ich für den Inhalt gar keine Kapazitäten mehr frei hatte. Diese helle Stimme mit den leichten Kratzern, wie ein feiner und spröder Gesang. Marvie machte mich mit einigen ihrer Schulfreunde bekannt, aber deren Namen hatte ich sofort vergessen. So geleitete sie mich durch das Tohuwabohu, bis wir wieder an unserem Ausgangspunkt landeten: bei Gottvater. Der hatte inzwischen weiterhin fleißig seine Umstehenden mit Champagner vollgepumpt, spreizte weit seine Fittiche, nahm Marvie darunter, und die beiden begannen leise ein Vater-Tochter-Gespräch. Cromwell, der gemeine Sack, gab Zeichen, dass er sich gerne von der bewundernden Alexa befreien würde, und schob mich beinahe ruppig in deren Fänge. »Schlomo!«, rief sie begeistert, drückte mich auf ein Polster und setzte sich daneben. Dann ging ein Redefluss über mir hernieder. Ich verstand erst nur Bahnhof, und dann Hitler. Hitler, Hitler, Hitler. Wie zum Teufel kam Alexa hier und jetzt auf Hitler? Hatte der gerade Geburtstag? Oder wieder was Schlimmes angestellt? Oder hatte man ihn für den Friedensnobelpreis vorgeschlagen? Oder für den Preis »Schönster Autobahnrastplatz des Nordens«? Ich musste abermals kichern beziehungsweise meckern wie eine alte Ziege, während mir die alte Ziege Alexa historisch auf die Sprünge half und erklärte, wie sehr sie Hitler verabscheue. Je nun, jeder verabscheut Hitler. Was soll man groß dazu sagen? »Gut, dass Sie ihn verabscheuen«? Oder: »Der kochte auch nur mit Wasser«? Alexa knetete meine Hand und sagte gerührt: »Schlomo! So was darf sich nie mehr wiederholen!« Auch ich fand, dass Alexa nicht noch mal meine Hand kneten sollte. Ihre zahlreichen Ringe schnitten in mein Fleisch. Ich blickte nieder auf Alexas Juwelen und versuchte abzuschätzen, wie lange ich wohl davon leben könnte. Alexa erklärte mir nun die Nürnberger Prozesse. Meine Marvie war noch immer bei Schwiegerpaps.

Cromwell teilte sich einen Happen mit Katharina. Eventuell die Anbahnung einer Romanze? Arme Katharina. Ritchie tauchte auf, sein Blick war besorgt. Als Beiboot führte er einen ebenso besorgt dreinblickenden Mendelssohn mit sich. Die beiden Besorgten gingen direkt auf Katharina und Cromwell los. Es wurde heftig geflüstert. Katharina riss den Kopf hoch und ihr Blick tastete hektisch die Menschenmenge ab. Ich unterbrach Alexas eindringliche Schilderung eines Pogroms und stellte mich zu den aufgeregten Freunden. Mendelssohn pochte mehrmals mit seinem Stöckchen aufs Parkett, als würde er die Ankunft eines mega-adeligen Ehrengastes ankündigen. Und Ritchie hatte den gehetzten Blick eines Menschen mit alsbald voller Hose. Alle redeten durcheinander. Schließlich begriff ich den Ernst der Lage: Ohne Einladung, aber mit einem teuflischen Grinsen im bösen Gesicht war soeben tatsächlich ein mega-adeliger Überraschungsgast eingetroffen, und zwar der Wurstmann. Ritchie berichtete atemlos, der Dicke habe sich offenbar an eine Kollegin von Marvie herangemacht und falle nun gerade mit ihr in unsere heile Welt ein, schamlos auf der fremden Einladung mitreitend. Und was man machen solle: Ihn unter Eklat rauswerfen oder ignorieren oder hoffen, dass er sich benehme? Mein erster Gedanke war »Marvie evakuieren«, und mein zweiter, dass ich als Marvies neuer Beschützer von jetzt ab Gefahr lief, vom Wurstmann auf die friedfertige Fresse zu bekommen. Und dass ich – Marvie hin, Reisekrankheit her – nicht zum Helden taugte. Und schon gar nicht – Champagner hin, Geilheit her – zum Prügelknaben. Weil ich physische Gewalt sehr fürchte. Weil mich allein die Androhung physischer Gewalt alles verleugnen und verraten lässt, was anderen heilig ist. Ich wäre ein sehr schlechter Spion. Der Mann von der Gegenspionage müsste mich nur böse angucken, und schon würde ich plaudern. Man könnte mir sofort solche Decknamen geben wie »IM Wasserfall« oder »Flotter Otto«. Und entsetzt griff ich nach einem Glas Champagner, das gerade von einem Lakaien auf großem Tablett vorbeigetragen wurde. Marvie stand noch immer nichts ahnend und geborgen in den Fängen von Paps. In mir keimte Hoffnung auf: Paps würde schon alles richten. Er sah aus wie ein Mann, der die eine oder andere Handgreiflichkeit wohl zu verwalten wusste. Er war garantiert ein großer Schlichter vor dem Herrn. Wozu trug er schließlich diese Diplomatentolle? Und dann erschien er: der fettige Drohnenmann. Wie immer im schwarzen Autoren-Outfit brummte er geradezu durch die Gästeschar; man meinte, dass Bugwellen vor ihm herschwappten. Wie immer trug er seinen Künstlerhut, und über einem schwarzen Rollkragenpullover spannte sich keck eine gemusterte Weste, die von Weitem aussah wie aus eitel Brokat gefertigt. Neben ihm ging ein blondes Mädchen, das verschämt-stolz in die Runde guckte. Vermutlich stolz auf ihre prominente Trophäe, und vermutlich verschämt, weil diese Trophäe so hässlich war. Das Mädchen stellte ihre Trophäe einer Hand voll Schauspielschüler vor, und gleich ging es darum, dass der Wurstmann demnächst irgendeinen Dramatikerpreis verliehen bekäme, was er durchaus zu schätzen wisse, da es sich bei den bisherigen Preisträgern durchaus um unzurechnungsfähige Kollegen handle.

Unser Club der Besorgten einigte sich nach hurtigem Durcheinanderreden auf das Prinzip »Ignorieren«. Laura und Katharina schoben sich an Marvie heran, um sie schonend vorzubereiten. Marvie sah entsetzt auf die blonde Begleiterin der Wurst und murmelte: »Das ist Ellen. Diese dumme Kuh.« Alexa nutzte den kurzen Leerlauf in unserer Konversation, um mich zu packen und über Auschwitz aufzuklären. Aus den Augenwinkeln sah ich, wie der böse schwarze Dampfer immer näher kam. Und dann legte er bei uns an. Unsere Unterhaltungen erstarben, Marvie drehte sich von Paps weg und blickte nun genau in den Krater ihrer ehemaligen Beziehung. Aus dem Krater blubberte es. Es schien sich um Begrüßungsfloskeln zu handeln. Marvie errötete. Aus Angst, etwas zu verpassen, drehte Mendelssohn seinen Kopf wie eine hektische Comic-Figur. Von Paps war mir nicht klar, ob er im Bilde war. Falls doch, ließ er sich nichts anmerken und erwiderte das Geblubber sogar mit einem höflichen Gruß. »Aah, das muss der große Lövenich sein!«, kam es triefend aus des Wurstmanns Weste, die auch aus der Nähe aus eitel Brokat gefertigt schien. Leute gibt's! Rennen im einundzwanzigsten Jahrhundert mit Hut und Brokatweste durch geschlossene Räume!

Paps machte gute Miene, seine blauen Zapfen stießen in Richtung Wurst, und dann sagte mein zukünftiger Schwiegerpapa sehr ruhig: »Aah. Das muss der große Dichter sein.« Und damit war alles klar: Mobilmachung auf beiden Seiten, Gefahr im Verzug, und ordnungsgemäß schwanden mir Hasenfuß die Sinne. Sogar Alexa lockerte ihren

Klammergriff und sah erwartungsvoll zu Paps auf. Marvie verschwand in Paps' riesigem Feiertagsjackett. Wissbegierig kreiselte Mendelssohn zwischen den Fronten. Mir fiel der schöne alte Militaristenspruch ein: »Mein Hut, mein Stock, mein EK1, wo ist die HKL?« Wobei EK1 für das Eiserne Kreuz steht, und HKL meint die Hauptkampflinie. Unsere HKL war der kürzeste Weg zwischen A und B, also der eng bemessene Raum zwischen dem Wurstmann und Paps. Der Wurstmann eröffnete mit bösartiger Freundlichkeit das Sperrfeuer:

»Schön, dass ich Sie endlich einmal treffe! Gab es eine Amnestie? Oder handelt es sich um – wie nennt man das noch gleich, ach ja: Hafturlaub?«

Paps hielt seine gute Diplomatenmiene durch, während des Wurstmanns Unverschämtheit mich zunächst erboste, doch dann fiel bei mir der Groschen: Hafturlaub – davon hatten die Geschwister doch gesprochen! Und der leider so lange auf Geschäftsreise befindliche Patriarch – kurz: Der große Lövenich war tatsächlich ein Knacki! Ja, so was! Wie ein schwerer Junge sah er nun gar nicht aus! Weit und breit kein Tattoo, keine Blutflecken, stattdessen ein wie maßgeschneiderter Festtagsanzug! Ich schaute auf seine Hände: keinerlei Zeichen einer erkennungsdienstlichen Behandlung, sondern im Gegenteil: Die Flossen manikürt wie ein Mädchen! Meines schwammigen Erachtens konnte es sich hier nur um einen Fall von Geschwindigkeitsüberschreitung (auf dem Weg zur Maniküre) oder leichter Beamtenbeleidigung (»Lassen Sie mich durch, Sie Arsch, ich muss zur Maniküre!«) handeln. Ich begann erneut zu kichern beziehungsweise zu meckern wie eine verdammte Ziege und starrte dann gebannt auf Paps, in Erwartung seiner angemessenen Erwiderung beziehungsweise hoffte ich, er würde jetzt ganz lässig den Wurstmann krankenhausreif schlagen. Doch Paps strich sich durch die Diplomatentolle, lächelte vereist und sagte gemächlich: »Und Sie müssen das Bürschchen sein, dem meine Tochter den Laufpass gegeben hat.« Respektvoll dachte ich: Wer hat, der hat! Der Wurstmann blähte sich um den Thorax herum auf und bleckte in den Raum: »Ja, aber trotzdem fehlen mir noch ein paar Details. Sie hat mir nicht a l l e s erzählt. Vielleicht könnten S i e einige meiner Wissenslücken schließen? Und ich spreche jetzt noch nicht mal nur von Ihren geheimen Finanzgeschichten. Ich will in meinem nächsten Stück auch unbedingt Ihre schmuddeligen Familieninterna ansprechen. Das Publikum liebt die kleinen dreckigen Geschichten von echten Menschen.« Ich traute mich gar nicht, den Wurstmann anzuschauen. Trotz meines ängstlich gesenkten Blickes nahm ich Bewegungen aller Art um mich herum wahr. Sämtliche Lövenichs schienen auf einen Schlag laut einzuatmen und Spiel- und Standbein zu wechseln, die verstummte Alexa hielt sich an einer Champagnerflasche fest, und alle Welt schien auf den Urknall zu warten. Dann vernahm ich die ruhige Stimme von Schwiegerpaps: »Aber sicher. Lassen Sie uns ein wenig plaudern. Aber nicht in dieser Unruhe. Kommen Sie.« Und Paps wies lächelnd mit der Hand in Richtung Foyer; er ging voran, der Wurstmann folgte, ein triumphierendes Grinsen auf der sardonischen Fratze. Was denn nun:

Showdown im Hinterzimmer? Duell im Vorgärtchen? Am liebsten wäre ich hinterhergelaufen. Zeuge sein, wenn Paps mit ein paar gezielten Streichen den Germknödel zerlegte. Aber flink hatte Alexa mich wieder in ihre Gewalt gebracht. Unter den Zurückgebliebenen setzte Aktionismus ein. Laura erteilte Ritchie kleine Aufträge, die er mit angstgeweiteten Augen ausführte. Katharina wies Marvie an, sich um ihre Gäste von der Schauspielschule zu kümmern, die von Minute zu Minute lauter und raumgreifender das Parkett dominierten und ihre Jugend/Kreativität/Talente in den Raum plärrten. Verunsichert stand inmitten des jugendlichen Gewoges die dumme Kuh Ellen, auf deren Ticket der Wurstmann eingereist war. Cromwell bekam seinen voyeuristischen Blick und bahnte ein Gespräch mit ihr an, sekundiert von Co-Voyeur Mendelssohn. Auch hier wäre ich zu gerne dabei gewesen, aber man kann sich ja leider nicht aus Neugierde zerreißen. Aber auf den Mond fliegen – das können sie!

Cromwell beherrscht eine perfide Verhörtechnik, die dem Informanten wider Willen unschuldigen Smalltalk suggeriert, obwohl es sich längst schon um das dreht, was wir Kriminalisten »Auspacken« nennen. Und so hörte ich leider nur mit einem halben Ohr die von Cromwell meisterhaft abgezapfte Lebensbeichte des Mädchens Ellen. Immerhin wurde mir so viel klar: Sie hatte das Zeug dazu, bis ans Ende ihres Lebens die »Naive« zu geben. Es schien ihr auch keinerlei Probleme zu bereiten, die Nachfolgerin von Marvie zu sein UND Gast in ihrem Hause. Überhaupt: Was mein halbes Ohr so zwischen Tür und Angel – also zwischen der Naiven und Alexa – aufnahm, ließ mich schwerst erröten. Denn während Alexa händeringend die Existenz von Vernichtungslagern bedauerte, startete die Naive einen detailverliebten Exkurs zum Thema »Sexualität heute«. Es ging tatsächlich um Orgasmus, Masturbation und ähnliche verbale Scheußlichkeiten. Ich befand mich also unversehens in einer pikanten Konversationskneifzange; breit, hackedicht und verloren zwischen der versauten Naiven und der korrekten Alexa, also quasi zwischen Koitus und Stacheldraht. Mir wurde übel. »Schlomo, ist Ihnen nicht gut?« Alexas Gesicht geisterte vor dem meinen auf und ab. Besorgt, soweit ich das erkennen konnte. Katharina und Laura standen weit weg, flüsterten einander Sachen ins Ohr und stiegen über die mit Schauspieleleven besetzte Treppe in den ersten Stock. Ritchie folgte. Meine Marvie blinkte rot durch das Volk, dann kletterte auch sie über ihre Kommilitonen hinweg, das rote Banner meiner Begierde verschwand nach oben. Willenlos ließ ich mir von Alexa zwecks guter Besserung Champagner einflößen, daraufhin wurde mir noch übler und ich gab Cromwell mit zuckendem Kopf zu verstehen, dass man sofort Kriegsrat zu halten hätte. Er brach den operativen Vorgang »Nähkästchen« ab und unser Triumvirat begab sich ins Foyer. Hier stießen wir auf jemanden, den ich um ein Haar nicht erkannt hätte, da er untenrum ohne Cabrio war: Thorsten stand mit Plumpskuh herum und hatte diesmal einen Unterleib dabei, mit Beinen, Füßen und allem drum und dran. Eigentlich wollte ich ihn so brüderlich begrüßen, wie man normalerweise einen Kumpel begrüßt, mit dem man schon die eine oder andere Haftpflichtaffäre hatte, aber Thorsten und Plumpskuh nahmen bei unserem Anblick Reißaus und verschanzten sich kleinkariert hinter einem Buffet. Ich musste kichern, dann gingen wir über die Leichen einiger Schauspielschüler unseren Lövenichs hinterher.

Im oberen Stock klang das Plappern und Perlen der Party deutlich nach, aber niemand war zu sehen. Alle Türen waren geschlossen, nur eine Badezimmertür stand offen. Wir lauschten, aber kein Laut gab einen Hinweis darauf, wo sich die Lövenichs und der böse Mann gerade aufhielten. »Ich muss mal vor Schreck!«, wisperte ich meinen Kompagnons zu und besuchte das Bad. Es war wie in einem Luxushotel. Die Lövenichs hatten eine riesige, runde Badewanne und an einer groß bespiegelten Wand einen gewaltigen marmornen Waschtisch. Rundherum tummelten sich Kohorten von Flakons, Dosen und Tuben. Dicke weiche Handtücher in beruhigenden Farben stapelten sich, ein weicher Teppich ließ mich versacken und der Raum war zum Einschlummern überheizt. Auch die Lövenichs verfügten über eine gutsortierte Apotheke. Wenn demnächst – im Kampf gegen die Wurst – meine Sinne gefragt sein sollten, müsste ich unbedingt etwas einwerfen, das meine Wahrnehmung zurückschraubte. Von Silvester zurück auf Allerheiligen. Ich wählte ein Dingsbums mit Koffein. Meine beiden Freunde saßen inzwischen auf einem schmalen Bänkchen, als säßen sie in einem Wartezimmer.

»Ich jetzt auch!«, flüsterte Mendelssohn und fragte mich nach dem Badezimmer, ich beschrieb ihm den Weg und er tackerte los. Er hielt an einer Tür, und bevor ich ihn zurückpfeifen konnte, hatte er diese falsche Tür geöffnet und war im dazugehörigen Raum verschwunden. Wir hörten einen undefinierbaren Lärm, eine Art Plumpsen, eine Art Schrei, etwas erregtes Geflüster, und schwuppdich stand Mendelssohn wieder auf dem Flur. Völlig verstört drehte er von uns ab und begann auf das andere Ende des Flures loszutackern. Wir sprangen ihm bei und brachten ihn kurz vor den Wandpaneelen zum Halten. So orientierungslos hatte ich Mendelssohn zum letzten Mal gesehen, als sich ein Hund – der selbstverständlich nur spielen wollte – in seinen Stock verbiss und damit fliehen wollte. »Was ist los?« Mendelssohn krallte haltsuchend seine Hand in Cromwells Arm. »Was war das?«

Die falsche Tür öffnete sich, Katharina schaute gehetzt den Flur einmal hoch und einmal runter und verschwand wieder. »Ich kann mich ja auch täuschen«, flüsterte Mendelssohn atemlos, »aber ich glaube, da ist was passiert! Da ist jemand umgekippt! Aber nicht freiwillig! Da hat jemand nachgeholfen!«

»Hä?«

»Ja doch! Da ist jemand zu Boden gegangen! Und zwar nach einem Schlag oder einem Hau! Erst so ein WUSCH, dann so ein dumpfes KNIRSCH, und dann so ein PLUMPSACK!«

»Und ein Schrei!«, bestätigten wir aufgeregt. Wieder öffnete sich die Tür, diesmal erschien Laura. Sie schaute uns an, als sähe sie uns zum ersten Mal. »Kommt! Kommt rein!« Sie winkte uns ins Zimmer. Cromwell und ich nahmen Mendelssohn in unsere Mitte und traten ein.

Die Lövenichs bildeten einen Halbkreis. Im Zentrum des Halbkreises lag ein schwarzer Stoffberg, aus dem ein rotes Rinnsal kleckerte. Der Wurstmann. Er stöhnte leise. Er versuchte, seine Hand zum Kopf zu führen, scheiterte daran und stöhnte lauter. Ich weiß nicht, ob er uns erkennen konnte, denn sein Blick tanzte flach über den Teppich, auf dem er lag. Das Muster, das sein Blut fabrizierte, wurde größer. Marvie begann zu weinen und klammerte sich an Paps. Ritchie heulte ebenfalls lautlos und hing wie ein Kleinkind in Not an Laura. Und sämtliche Lövenichs sahen über den Wurstmann hinweg angsterfüllt auf Mendelssohn. Mendelssohn hatte den Kopf gehoben, sah gen Himmel und lauschte angestrengt in das Schweigen, das nur von den kleinen Seufzern, die aus der Wurst kamen, unterbrochen wurde. Mein Herz begann zu hupfen; vermutlich einen Koffein-Can-Can. Mendelssohn schien zu spüren, dass er den Mittelpunkt aller Blicke bildete; er stand da wie eine Zielscheibe, die von Pfeilen aus allen Richtungen durchlöchert wird. »Was ist passiert?«, fragte er streng und wie wütend über seine Blindheit. »Sagt mir sofort, was hier los ist!« Kein Lövenich setzte zu einer Erklärung an. Cromwell erlöste Mendelssohn: »Der Dicke liegt auf dem Boden. Ich glaub, er hat eine Wunde am Kopf.« Und zu unseren Gastgebern: »Wir müssen den Notarzt rufen!« Die Wurst stöhnte laut auf; es klang irgendwie zustimmend. Doch die Lövenichs bewegten sich nicht. Endlich sagte Katharina: »Wir haben hier ein Problem.« Ich kapierte gar nichts mehr, dafür flatterte mein Herz heftiger, knatternd wie eine Fahne im Sturm. Koffein UND ein Notfall – das ist eindeutig zu viel für einen Phlegmaten mit zu viel Champagner und Dingsbums im Blut.

»Ist er hingefallen?«, fragte ich blöde, nur um jemanden sprechen zu hören.

»Ich weiß nicht«, sagte Katharina vorsichtig und sah auf Mendelssohn, als verlange sie von ihm eine plausible Klärung der Situation.

»Notarzt«, sagte Cromwell. »Soll ich den Notarzt rufen?«

»Nein!« Paps befreite sich von Marvie und reichte sie fürsorglich an Katharina weiter. »Das will jetzt überlegt sein! Was können wir tun?«

»Den Sack hier liegen lassen und runtergehen, ein bisschen tanzen«, wollte ich vorschlagen, aber Paps zählte auf: »Wir rufen einen Notarzt. Dann wollen die wissen, woher er die Wunde hat. Und das ist schlecht. Und wenn sie ihn retten, ist es erst recht schlecht. Dann sagt er ihnen, was passiert ist. So oder so – es sieht schlecht aus.«

»Was *ist* denn passiert, verdammt noch mal!«, schimpfte Mendelssohn. »Hat ihn einer von euch erschlagen, oder was?«

Aha. Das Blut aus dem Kopf des Dicken suppte in meine Richtung, wurde aber auf dem Weg zu meinen Schuhspitzen vom Teppich aufgesogen. Ich hätte nicht sagen können, ob der Saft arterieller oder venöser Herkunft war, aber das Muster sah original nach Paisley aus. Meines Erachtens biss sich das dunkelrote Paisley scharf geschmacklos mit der würdelosen Brokatweste. Aber jeder ist seines Glückes bzw. Styles Schmied.

In meine Design-Fragen hinein sprach Cromwell: »Wir können ihn doch nicht so liegen lassen!«

Schweigen.

Dann Paps: »Vielleicht MÜSSEN wir ihn so liegen lassen. Zunächst mal.«

Cromwell: »Wie ist das denn passiert?«

Alle Lövenichs durcheinander: »Er ist gestolpert!« – »Er ist mit dem Kopf gegen den Tisch gekommen!« – »Er drehte plötzlich durch!« –

Erneutes Schweigen.

Cromell: »Aber wenn er jetzt stirbt?«

»Das ist besser, als wenn er uns hinter Gitter bringt«, sagte extrem gefasst Katharina. Die Restlövenichs nickten dazu und schnatterten wieder los: »Ich sage, dass ICH es war! – »Ich auch!« – »Außerdem war es Notwehr!« – »Es war ein Unfall!« – »Wenn wir uns alle schuldig bekennen, dann können die doch niemanden einsperren, oder? Es gibt ja schließlich keine Zeugen, oder?« Und wie aufs Stichwort sahen alle wieder zu Mendelssohn. Der einzige Augenzeuge hielt sich an seinem Blindenstock fest und zuckte resignierend mit den Achseln. Cromwell schien zu meditieren: »Sieht das denn nach einem Unfall aus? Ich meine, wenn die Spurensicherung oder die Rechtsmedizin da ins Detail gehen …« Ich wunderte mich darüber, wie schnell Cromwell die Möglichkeit, dass der Wurstmann überleben könnte, übersprang.

»Naja, nicht direkt. Er war halt in Schwung, und dabei ist er gefallen und mit dem Kopf… er ist halt im Suff unglücklich gestürzt. Basta!«, verfügte Katharina.

So wie sie um eine Erklärung kämpfte, hatte offenbar Katharina unserem dicken Literaten den Todesstoß versetzt. Obwohl auch Laura aussah, als hätte sie Dreck am Stecken. Und Ritchie war so aufgelöst, dass nur er es gewesen sein konnte. Oder etwa meine Marvie?

Vielleicht hatte die Wurst versucht, meine Marvie zu vergewaltigen? Das war doch ein Klassiker: Die Wurst stürzt sich zwecks Notzucht mit runtergelassenem Saitling auf die Jungfer Marvie, sie wehrt sich, ein Hieb gibt den anderen…

»Obwohl«, gab Laura zu bedenken: »So richtig besoffen wie sonst war er heute ausnahmsweise mal nicht.«

»Verdammt!«, sagte Cromwell. »Aber jetzt mal ganz egal, wer ihn und wie er – wie erklären wir einem Notarzt, dass die Wurst erst in Ruhe ausgeblutet ist, bevor wir ihn gerufen haben?«

»Er war alleine im Zimmer! Und wir haben ihn erst später gefunden!«

Cromwell raufte sich die Haare: »Aber praktischerweise hat er vorher rumgestänkert! Erst hat er für alle hörbar Herrn Lövenich angemacht und ist dann mit ihm nach oben gegangen. DAFÜR gibt es Zeugen. Und zwar gleich einen Arsch voll.« Herr Lövenich setzte sich stöhnend auf ein Sofa, das so klein war, dass er dem Sofa die Luft nahm. Erst jetzt sah ich mir unser Ambiente etwas näher an. Das Zimmerchen war eine Mischung aus Abstellraum, Wäschekammer und Boudoir, praktisch und gemütlich zugleich. Ein paar überquellende Regale, zwei niedliche Sofas, und auf einer schweren Truhe ein Campingfernseher. Vor der schweren Truhe lag der auslaufende Autor, und mein trotz Reisekrankheit funktionierender Spürsinn sagte mir, dass er eventuell tatsächlich im freien Fall mit seiner dummen Rübe eine Kante der Truhe erwischt hatte, denn die Kanten dieser Truhe ragten klobig in die Welt hinein – ich schätzte das antike Stück auf frühes Neo-Windsor, wahlweise Gründerzeit, mit einem Schuss Gelsenkirchen. Dann fasste ich mir an den Kaffeekopf und ließ mich neben meinen ausladenden Schwiegerpaps auf das Minisofa fallen. Immerhin hatte der große Lövenich – trotz eines Hauses voller Gäste und einer auf dem Teppich suppenden Beinahe-Leiche – die Größe, mich nach meinem Befinden zu fragen: »Ist Ihnen immer noch schlecht, Schlomo?«, fragte er durchaus besorgt. »Ist nur ein Streifschuss«, sagte ich und kicherte beziehungsweise meckerte verhalten. Zu meinem Erstaunen kicherte Herr Lövenich mit, und seine blauen Eisaugen schillerten wie angetaut. Offenbar hatte er doch ein Herz, der alte Seebär beziehungsweise Knastbruder. Allmählich fasste ich Zutrauen. Weshalb er wohl saß? Bestimmt nicht wegen eines Gewaltverbrechens. Sonst würde er doch souverän die Situation meistern und uns den einen oder anderen Tipp geben können. Aber sogar er schien mit einem etwaigen Totschlag überfordert.

Cromwell begann die Geduld zu verlieren: »Wir müssen uns jetzt unbedingt für etwas entscheiden! Wir stehen schon mit einem Bein in der unterlassenen Hilfeleistung!

Und wenn wir noch länger warten, dann wird daraus ein Mord oder was weiß ich!«

»Ja sicher«, brummte ich verschwörerisch meinen Paps an, »dass das hier ein Scheckbetrug ist, das nimmt uns doch niemand ab.« Dann fiel mir auf, dass sowohl Cromwell wie auch ich von »wir« sprachen; die Familie hatte uns nun also ohne Wenn und Aber eingemeindet, wir gehörten dazu; so selbstverständlich und warm hatten sie uns in ihren Kreis aufgenommen, dass mir Tränen dankbarer Rührung kamen. Dagegen hatte meine Marvie das Weinen eingestellt und klemmte sich nun zu meiner großen Freude auch noch auf unser Minisofa, zwischen Paps und mich. Paps hielt ihre linke Hand, ich nahm ihre rechte und führte diese an mein rumpelnd' Herz. Marvie ließ es geschehen. Hoffentlich blieb mir diese Situation noch recht lange erhalten; wer weiß, was sich daraus noch entwickeln ließ.

Cromwell und Katharina knieten sich neben den immer leiser stöhnenden Wurstmann und prüften seine Vitalfunktionen. Ritchie verzog sich in eine Ecke, Laura beschrieb Mendelssohn mit gedämpfter Stimme die Lage. Cromwell richtete sich auf: »Wir MÜSSEN jetzt was unternehmen! Irgendwas! Sagt was, Leute!« In diesem Moment bewegte der Wurstmann das Haupt; sein Blick tanzte nicht mehr unstet, sondern heftete sich fest an Cromwell. Er schien besorgniserregend klar, was um so grausiger wirkte, da es weiterhin aus seinem Bregen tropfte. Mit stierem Blick auf Cromwell formte sein Mund Laute. Erst kam viel heisere Luft, dann verwaschen das Wort »Hilfe«. Beinahe bekam ich Mitleid. Der Wurstmann hielt weiterhin auf Cromwell, wieder kam viel heiße Luft und dann klar und deutlich: »Polizei!«

So nicht, Freundchen! Erst sich ungebeten auf Partys einschleichen, Leute beleidigen und dann auch noch um Hilfe betteln! Man kann doch nicht ernsthaft ehrenwerte Bürger mit »schmutzigen Familiengeheimnissen« provozieren und sich dann wundern, dass man mit Loch im Kopf in ihrem Boudoir landet! Überhaupt: Was waren das denn für schmutzige Familiengeheimnisse, die meine Lövenichs in Verruf bringen sollten? Emotional ging es in mir mächtig rund: Das auf- und wieder abschwellende Mitleid mit dem Dicken, die Nähe zu Marvie, die ihre aufgeregte Körperwärme in mich abstrahlte, die Anwesenheit kleiner dreckiger Geheimnisse und obendrein die kriminalistische Brisanz, unser aller Zukunft und Gewissenlosigkeit – kurz: Ich wurde spitz wie Nachbars Lumpi und hätte es sofort und vor Ort mit Marvie treiben mögen.

Das Wörtchen »Polizei« kurvte böse durch den Raum, da erhob sich Paps Lövenich und sagte schlicht: »Damit wäre alles gesagt. So können wir ihn nicht weglassen. Wenn der durchkommt, macht er uns fertig.« Das leuchtete allen ein. Nur Cromwell und Mendelssohn schienen ein Problem damit zu haben, sich des gefährlichen Stinkstiefels zu entledigen. »Atmet er noch?«, fragte nervös Mendelssohn. »Er wird schwächer«, sagte Cromwell. »Oh Scheiße! Was sollen wir nur tun?« Katharina wurde wieder resolut: »Also, als Erstes – wir gehen wieder runter. Als wäre nix passiert.« Sie betrachtete die Tür. »Und weil wir keinen Schlüssel für die Tür haben, muss jemand hier oben bleiben und aufpassen, dass niemand aus Versehen reinläuft. Ritchie, du übernimmst die erste Wache. Wir lösen uns dann ab. Und dann zweitens: Jemand muss sich um die Husche kümmern, mit der er gekommen ist. Die müssen wir auch irgendwie loswerden. Die sollte schnellstmöglich nach Hause gehen.« Laura hob den Finger: »Man könnte ihr weismachen, dass er wieder mit Marvie zusammen ist, oder? Er hat es sich halt anders überlegt; man weiß ja, was für eine unberechenbare Ratte er sein kann. Und genau in diesem Augenblick ist er hier oben mit Marvie am Rumvögeln, und dass sie das der Fairness halber wissen sollte, nein?«

»Exzellent«, sagte ich und drückte Marvies Hand fester an mich. »Wer sagt es ihr?«

»Am besten jemand, der nicht zur Familie gehört. Würdest du …?« Und Katharina rüttelte bittend an Cromwell. Der nickte halbherzig. Katharina kommandierte kerzengerade: »Okay, dann gehen wir jetzt alle runter. Außer Ritchie. Und Marvie. Und benehmt euch normal! Wir ziehen jetzt die Party durch, und wenn die Letzten gegangen sind, sehen wir weiter. Wir müssen Zeit gewinnen. Okay? Los jetzt!« Katharina trieb uns auf den Flur hinaus und stellte für Ritchie einen Stuhl vor die Tür. »Du passt auf, dass hier niemand reingeht! Marvie, du bleibst in deinem Zimmer, bis die Husche weg ist. Und ihr anderen: Stimmung! Ihr seid hier nicht auf einer Beerdigung!«

»NOCH nicht«, bemerkte ich geistreich, und Katharina sah mich böse an. »Schon gut, schon gut, alles klar. Stimmung«, sagte ich und hakte Mendelssohn unter.

Kapitel 10

enthält einen unpassend sexuell erregten Helden,
einige nutzlose Gewissensbisse
sowie jede Menge unterlassener Hilfeleistung.

Haltstopp!«, sagte plötzlich Cromwell. »Ich kann das nicht. Ich habe ein ziemliches Problem damit.«

»Ich auch!« Mendelssohn schüttelte meinen Arm ab. »Wir können ihn doch nicht einfach da liegen und sterben lassen! Immerhin ist er doch ein – Mensch!«

»Aber was für einer!«, gab ich zu bedenken. Cromwell lehnte sich an die Wand und schnaufte: »Wenn wir das jetzt machen, dann fahren wir alle zur Hölle.«

»Genau!«, sagte Mendelssohn. »JETZT können wir noch zurück. Wir rufen den Notarzt. Dann haben wir ihn wenigstens nicht auf dem Gewissen. Ich habe mir mein Leben lang was darauf zugute gehalten, dass mein Gewissen relativ gut in Schuss war. Aber mit so was: Ich könnte ja nicht mehr in den Spiegel sehen.«

»Das konntest du vorher auch nicht«, gab ich erneut zu bedenken. Doch niemand hörte auf mich, alle schnatterten wieder durcheinander:

»Wenn er wieder auf die Beine kommt, sind wir erst recht geliefert. Dann schickt DER uns zur Hölle! Und zwar ohne mit der Wimper zu zucken!«

»Wir müssen jetzt nur zusammenhalten!«

Cromwell und Mendelssohn blieben verstockt: »Und was machen wir, wenn er NICHT stirbt, hä?«

Das war nun mal eine gute Frage. Was, wenn er sich wieder erholte? Man weiß doch, was für ein gemeingefährlich zähes Lebewesen der Mensch ist. Sogar Abstürze aus zweitausend Metern kann er überleben. Oder vierzehn Tage in einem Brunnenschacht. Oder drei Wochen All-inclusive.

»Jetzt mal bloß nicht den Teufel an die Wand!«

»Das wäre ja noch schöner!«

Cromwell fragte verbissen: »Und wenn er nicht von alleine – was machen wir dann? Dann müsste jemand – nachhelfen. Oh Gott, mir wird schlecht.« Er rannte ins Badezimmer, warf die Tür hinter sich zu, und dann hörte man ein Würgen. Mendelssohn sagte: »Und nachhelfen – das ginge eindeutig zu weit! Eine Unterlassung könnte mein Gewissen gerade noch verkraften. Aber mehr auch nicht!«

Mein Herz begann nun derart zu rasen, als hätte ich mir Nescafé intravenös geballert. Unruhe und Ungeduld ließen meine Knie zittern. Ich wollte diese peinliche Situation jetzt un-ver-züglich beenden; der verdammte Wurstmann war sogar noch als Halbtoter ein Ärgernis! Ich wollte unver-züglich eine Bereinigung der Lage, um mich endlich d e m widmen zu können, was mir in Wirklichkeit und immer dräuender auf den Nägeln beziehungsweise weiter unten brannte: Der Wurstmann sollte verschwunden sein und ich endlich in die Arme und Beine meiner Marvie einfahren! Basta! Ob in dem Dingsbums auch ein Aphrodisiakum enthalten war? Nein, dieser Mendelssohn!

Hatte doch tatsächlich Aphrodisiaka mit überschrittener Halbwertzeit auf Lager! Und ungeduldig begann ich, mit Mendelssohn zu zanken: »Wie kann man nur so entsetzliche Skrupel haben? Du vergisst wohl völlig, um wen es sich hier handelt? Um ein Stinktier! Ein Stinktier in Menschengestalt! Ein Aas von einem Psychopathen! Ich wette, der hat in seinem ganzen Leben nicht EINE gute Sache gemacht! Allein diese irren Aggressionen! Gegen jedermann! Und dann: Denk doch nur mal an seine schlechten Stücke! DU als Germanist solltest da sogar den ersten Stein werfen!«

»Talentlosigkeit ist doch kein Grund, jemanden sterben zu lassen!«

»Sollte es aber!«

»Du spinnst doch! Und außerdem: Was glaubst du denn, was passiert, wenn er jetzt hier in der Blüte seiner Jahre sein Leben aushaucht? HEILIG gesprochen wird er! Alle seine Stücke werden noch mal aufgelegt! Er wird zur Kultfigur!«

Da war was dran. Die meisten Künstler können doch eh erst von ihrer Arbeit leben, wenn sie tot sind. Und ein toter Wurstmann würde durch alle Feuilletons gezogen! Von Aspekte bis FAZ: Jeder – sogar sein bester Feind – würde ihm zum Abschied anstandshalber noch ein Gebinde aufs Grab kacken! Diese Wurstmänner schwommen doch i m m e r oben! Oh, wie ungerecht war diese Welt! Und wie verkommen der Kulturbetrieb! Unsereins bekam noch nicht mal ein lausiges Stipendium, aber der toten Wurst würden sie Kränze winden! Und in meiner Rage war ich drauf und dran, zurück ins Sterbezimmer zu eilen und der Wurst ein Kissen aufs Gesicht zu drücken. Cromwell kam aus dem Bad zurück und unterbrach unseren kulturpolitischen Diskurs: »Ich hab mir beim Übergeben Folgendes überlegt: Jemand sollte noch mal reingehen und nachsehen, wie es ihm geht. Wenn er noch lebt, rufen wir einen Arzt. Und falls er wieder gesund wird und Anzeige erstattet, dann ziehen wir die Nummer mit der Notwehr durch. Dass ER angefangen hat. Hat er ja auch. Und wir alle sind Zeugen. Und dann steht sein schlechter Ruf gegen unsere Aussagen. Das wird zwar lästig und ärgerlich, aber wenigstens haben wir ihn dann nicht auf dem Gewissen. Wie klingt das?«

Die Lövenichs schauten einander an, erst verunsichert, dann zaghaft zustimmend. »Okay. Ich gehe rein«, sagte Katharina.

Um uns allen die Wartezeit etwas zu versüßen, sagte ich: »Ist euch schon mal aufgefallen, dass es in Ärzte- und Actionfilmen zwei sehr hübsche Stereotype gibt? Der eine lautet ›Ich geh da jetzt rein!‹, und der andere ›Ich bin drin!‹ Ist das nicht ulkig?« Niemand lachte. Katharina trat wieder auf den Flur.

»Und?«

»Er ist – hinüber.«

»Wie jetzt! Richtig hinüber?«

»Naja – fast. Beinahe. Ich glaub, gleich ist er weg. Kann sich nur noch um Minuten handeln.«

Cromwell stöhnte herzzerreißend: »Auch gut. Dann rufen wir jetzt schon mal den Arzt und sagen ihm, dass wir ihn eben erst gefunden hätten. Wer ist dafür?« Außer Mendelssohn hob niemand die Hand.

»Nein, warten wir lieber, bis er richtig tot ist.«

»Die paar Minuten schaffen wir auch noch!«

»Sicher ist sicher!«

»Wenn er doch gerade am Sterben ist, wäre es unklug, den Notarzt zu voreilig zu rufen.«

Die noch vor kurzem verzagte Katharina bekam wieder Oberwasser: »Ich bin dafür, dass wir das doch so machen, wie ich gesagt habe. Wir lassen sich die Sache hier oben erledigen und gehen runter, wegen der Alibis und so. Und wenn die Party vorbei ist, sehen wir weiter! Also bitte!«

Murmelnd setzten sich die Lövenichs in Bewegung. Ritchie nahm auf seinem Posten Platz, Marvie ging auf ihr Zimmer, ich wollte ihr folgen, aber Laura schnappte nach mir und schob mich und Mendelssohn zur Treppe. Katharina drehte sich um: »Wir gehen am besten einzeln. Das ist unauffälliger.« Und tröpfchenweise mischten wir uns wieder unter die Gäste.

Kapitel 11

bietet skandalöse Enthüllungen
der lövenichschen Familienpraktiken,
noch mehr Gewissensbisse
und einen Todgeweihten in Warteschleife.

Die folgende Passage verbrachte ich weniger damit, eine Lösung für unser Problem im Boudoir zu finden oder mit Sorgen um unser aller Zukunft in Frieden, Freiheit und sozialer Gerechtigkeit, sondern mit dem Sortieren meiner wattierten Gedankengänge. Alexa hatte mich wieder aufgegriffen und uns beide auf ein schmales Sitzelement genötigt, aber ich konnte nur mit einem halben Ohr ihrem Schnellkurs in Rassegesetzgebung folgen, denn eigentlich interessierte mich nur eines: Was hatte Paps Lövenich auf dem Kerbholz und welche schmutzigen Geheimnisse verbarg meine künftige Familie? Man muss doch wissen, in welchen Saustall man einheiratet! Auf welches moralische Niveau man sich hinunterzubegeben hat! Einer pharmakologischen Eingebung folgend fragte ich einfach Alexa, was es denn mit Paps' Freigang auf sich hätte. Alexa sattelte thematisch sofort um und versicherte mir, dass es sich bei Paps Lövenich um einen Gentleman handle, einen sehr feinen Mann, der nur quasi aus Versehen und dummem Zufall im Gefängnis gelandet sei, aber er sei nun mal ein Kenner der finanziellen Welt, die Geschäftemacherei sei seine Westentasche, und es wären eigentlich auch nur Menschen zu Schaden gekommen, die diesen Schaden verdient hätten und heutzutage gäbe es wirklich Verwerflicheres als betrügerischen Bankrott.

»Bankrott?«, fragte ich und nahm vom dargereichten Champagner nach. »Bankrott sieht mir das hier aber nicht aus.«

Alexa grinste: »Die Betonung liegt ja auch auf ›betrügerisch‹.« Sie sah sich rückversichernd um, rückte mir noch etwas näher auf den Pelz als physikalisch möglich, und nach zehn Minuten wusste ich Bescheid: Paps saß als zäher Wiederholungstäter ein, aber die illegal geschürfte Kohle hatte er so geschickt verschleiert und angelegt, dass seine Kinder bis ans Lebensende ausgesorgt hätten. Allerdings habe der alte Scherzkeks Lövenich eine launige Klausel in seine obskure Stiftung eingebracht: Jedes seiner Kinder sollte rundum versorgt sein, solange es sich in der Ausbildung befinde.

»Und? Na? Schwant Ihnen jetzt etwas, Schlomo?«

Mein Wattekopf pulsierte vor scharfem Nachdenken: DAS also war der Grund, warum es die lövenichsche Brut auf so viele Lehr- und Studiengänge mit und ohne Abschluss brachte! Darum wurde sich in diesem Haushalt in einem fort ex- und immatrikuliert, hier eingeschrieben und dort angemeldet – das hatte Paps Lövenich ja genial eingefädelt! Was für ein Mann! Nicht nur ein großer Betrüger, sondern auch ein begnadeter Pädagoge!

So hatte er es geschafft, dass seine Kinder nicht zu der üblichen Bagage sinnlos saturierter Erben zählten, zu diesem verwöhnt-verwahrlosten Kroppzeug, das nach jeder halbwegs ordentlichen Revolution im Arbeitslager landen sollte, sondern dass es sich bei ihnen um redliche, gebildete Bürger von hoher Kultur und bestem Leumund handelte, wenn man mal von der Leiche im Wäschezimmer absah.

»Aber das bleibt unter uns, gell, Schlomo?« Zutraulich rieb Alexa ihren Kopf an meinem Kragen. Sie habe ja sofort bemerkt, dass es sich bei mir um einen guten und loyalen Freund des Hauses Lövenich handele, und selbstverständlich könne sie, Alexa, auch meine Neigung zu der kleinen Marvie verstehen, denn die sei nun mal der Inbegriff dessen, worauf Männer abfahren würden, dieses Kleinmädchenartige, aber ich solle mich nicht täuschen, solch ein kleines Mädchen sei Marvie längst nicht mehr, sicher, sie sei wirklich attraktiv, und wunderschön sei sie auch, aber ganz so unschuldig, wie sie auf Männer wirke, sei sie nun doch nicht! Und Alexa rückte noch dichter auf und nickte mir bedeutungsvoll ins Ohr. Haltstopp! Wo ging sie denn jetzt plötzlich hin, die Reise? Über Stock und Stein ins Land der üblen Nachrede? Dann aber mal ran an den Speck! Gibt es etwas Ergiebigeres als eine einschmeichelnde Insiderin mit einem Wert von etwa 1,5 auf der nach oben offenen Champagnerskala? Jetzt aber die Karten auf den Tisch, Alexa! Lassen wir den Herrn Himmler einen guten Mann sein beziehungsweise soll er doch in der Hölle meckern, zusammen mit Göring, Goebbels und Stefan Raab! Und jetzt erzähl mir, Njanjuschka!

Meine Njanjuschka sah mich aus hinterhältigen Äugelein so spitzfindig an, dass ich wusste: Hier würde ich fündig. Sie müsste nur mal tief Luft holen, und schon wäre ich im Besitz aller lövenichschen Geheimnisse, von Kopf bis Fuß, von Konto bis Unterhose würde alles vor mir liegen, ausgebreitet von der Natter Alexa, deren Juwelen in meine Arme und Beine schnitten und deren erlesene Coiffure in meinen Kragen kräuselte. Alexa hub an, doch da packte mich Cromwell und zog mich am angekräuselten Kragen in Richtung Garten. Gerade noch konnte ich Alexa zuhauchen: »Warte hier auf mich!«, dann stieß mich mein sorgenlastiger Freund durch den Regen in einen der kleinen Pavillons und rief: »Verdammt! Mir ist eben erst aufgegangen, worauf wir uns hier einlassen! Weißt du, was das ist? Weißt du, wie man das nennt? Das nennt man Beihilfe und Mitwisserschaft, und jetzt stecken wir da mit drin, wie verdammte Fliegen im Sirup, so stecken wir da jetzt mit drin!«

Je nun. Ja, sicher. Aber wo genau lag das Problem?

»Wo genau liegt das Problem?«

»Das Problem? Wir sind jetzt auf Gedeih und Verderb mit ein paar Leuten verbandelt, die wir noch nicht mal näher kennen! Was wissen wir denn schon von den Lövenichs? Gar nichts wissen wir? Wir wissen gerade mal, dass die hier wohnen! Wer sagt mir denn, dass das keine Psychopathen sind? Die uns jetzt in der Hand haben? Und was passiert, wenn einer singt? Und wenn alles auffliegt? Ich will nicht in den Knast! Ich liebe meine Freiheit!«

»Du kommst nicht ins Gefängnis! Warum denn? Du hast doch nichts getan!«

»Eben drum! Es gibt Leute, die kommen völlig zu Recht

ins Gefängnis, weil sie eben nichts getan haben, wo sie was hätten tun sollen!«

»Du bist paranoid. Denk doch mal nach! Was kriegt man denn maximal als lumpiger Mitwisser, der da zufällig in so eine Geschichte reingeschliddert ist? Maximal Bewährung, sag ich dir! Maximal! Aber noch nicht mal so weit wird's kommen!«

Cromwell atmete nicht mehr so schnell und ich legte nach, erzählte etwas von Rechtsstaat, Sozialprognose und Prozesskostenhilfe, und allmählich flaute Cromwells Hysterie ab: »Jaja, wahrscheinlich hast du recht. Aber das stand plötzlich so plastisch vor mir. Diese – Verstrickung. Diese – Konsequenzen. Und die Tatsache, dass wir wirklich nichts über die Lövenichs wissen. Eigentlich sollte man die Leute genau kennen, mit denen man solche Geheimnisse hat, oder?«

Da hatte er recht. Also teilte ich ihm rasch mit, dass Alexa gerade am Warmlaufen sei, sie führe gerade ihren Tratschcomputer hoch, und Cromwell müsse mir nur eine halbe Stunde mit ihr geben, dann wären wir in Sachen Lövenich garantiert upgegradet.

»Okay. Du hältst da die Ohren offen, und ich bespreche mit Mendelssohn, wie wir weiter verfahren sollen.«

»Und du glaubst mir bitte: Uns wird nichts passieren!«

»Gebe Gott.«

Wir rannten zurück durch den Regen. Meine Informantin saß wie befohlen abwartend auf ihrem Plaudersitz und hielt ungeduldig nach mir Ausschau. Fernab tuschelten Cromwell und Mendelssohn. Laura zupfte Cromwell am Ärmel und deutete diskret auf Wurstmanns neue Liebschaft, die offensichtlich auf der Suche nach ihm durch den Raum fädelte. Cromwell nickte und machte sich auf den Weg. Cromwell ist ein guter Lügner. Wenn es um Unwahrheiten geht, ist er enorm gewissenhaft. In etwa fünf Minuten dürfte die Kleine darüber im Bilde sein, dass ihr Neuer just in diesem Moment nicht nur wohlauf und am Leben, sondern sexuell aktiv mit seiner Ex zugange war. Die Kleine tat mir ein bisschen leid, aber das Leben ist nun mal kein Wunschkonzert. »Schlomo! Hi-ier!« Ich ließ mich in die ungeduldige Alexa plumpsen, und sie nahm unser Gespräch punktgenau da wieder auf, wo Cromwell mich herausgerissen hatte: »Mit der Unschuld, Schlomo, ist das so eine Sache. Wir alle lieben die Unschuld, und du liebst die Unschuld ganz besonders, das sehe ich dir doch an. Aber es gibt doch immer etwas HINTER der Unschuld. Das musst du bedenken. Nur weil jemand sagt: Nicht schuldig, Euer Ehren! muss er nicht auch gleich unschuldig sein, nicht wahr! Denk nur mal dran, mit welch einer Inbrunst dieser entsetzliche Rudolf Heß immer wieder sagte: ›Nicht schuldig!‹ Alle diese Verbrecher – mit Inbrunst: ›Nicht schuldig!‹ Um einen erneuten Abrutscher ins Historische zu verhindern, flüsterte ich: »Aber Marvie – wie soll ich sagen …«

Alexa lachte bitter: »Wie soll ICH sagen … ich will dir doch nicht etwas einreden oder dich enttäuschen. Und Marvie ist immerhin mein Patenkind, nicht wahr! Und ich liebe sie so innig, wie man sein Patenkind nur lieben kann! Sie ist ja auch wirklich extrem süß! War sie schon als Baby! Ritchie dagegen. Sah als Kind aus wie so ein Bauklotz. Aber Marvie – eigentlich fehlten ihr nur noch die Flügel, so engelhaft war sie! Also, Schlomo: Jeder wird einmal erwachsen. Auch ein Engel muss erwachsen werden. Auch ein Engel kommt mit der Wahrheit des Lebens in Berührung, mit dem alltäglichen Dreck und Schmutz. Und so bleibt es nicht aus, dass jeder Engel auch ein wenig Schmutz an seinen Flügeln hat, du verstehst?«

»Hm. Nicht ganz.«

»Naja, der eine Engel mehr, der andere Engel weniger. Schmutz, meine ich.«

»Hm. Sollte ich was wissen?«

»Das solltest du unbedingt. Jeder Mensch sollte was wissen. Vor allem natürlich, wenn er liebt. Dann sollte er besonders dringend was wissen. Nicht wahr! Damit er sich nicht kopflos in etwas verrennt. Denn gerade der Liebende ist doch so – verletzlich. Und so leicht zu täuschen.«

Im Zentrum des Saales war wohl gerade glaubhaft die schmutzige Wahrheit über fremdgehende Würste vermittelt worden, denn Cromwells Gesprächspartnerin stieß einen Laut aus und bahnte sich erwartungsgemäß den Weg zum Ausgang. Stoppte aber vorher ab und rannte dann gar nicht erwartungsgemäß die Treppe empor. Wenn sie jetzt im Zustand enthemmter Eifersucht alle Türen aufriss, um ihrem dicken Freund in flagranti einmal zu zeigen, was man an einer Schauspielschule so alles lernt – doch ebenso schnell stob sie die Treppe wieder herunter, hinter ihr Katharina, deren gespieltes Bedauern derart bedauernd war, dass man es ihr über zwanzig Meter Entfernung noch abnahm. Somit waren wir immerhin die Wurstgeliebte los. Eine Last weniger.

Mein Wattekopf hatte den Überblick über das Fortschreiten der Zeit verloren, draußen schien es zu dunkeln. Der Regen hatte nachgelassen und ein Jemand die Gartenfackeln entzündet. Lieblich gelbe Lichtkleckse lockten Gäste nach draußen, im Wohnzimmer wurde es etwas ruhiger und ich folgte sorgfältig jedem Wort, das der Natter Alexa über die unversiegelten Lippen kam:

»Ich habe selten Geschwister erlebt, die so zusammenhalten. Sie sind ja richtiggehend zusammengeschweißt! Das ist aber auch zu verstehen, wenn man ihre Geschichte kennt. Erstens dieser Altersunterschied. Zweitens die fehlende Mutter. Da ist es doch logisch, dass die Großen die Kleinen in ihre Obhut nehmen und sich um ihre Erziehung kümmern.«

Ich merkte an, dass mir gerade die Verschweißtheit der Geschwister imponiere, diese Vertrauensbasis ohne Wenn und Aber – es sei ja zum Neidischwerden. Alexa schien mein Lob der Lövenichs nicht zu teilen, denn sie kniff die Augen zusammen und goss sich Champagner nach, mit einer paradox abwehrenden Geste, als sei sie von der Flasche angeekelt: »Sicher, sicher. Aber du siehst nicht die Schattenseite. Natürlich wirkt diese Verbindung von außen so rein und schön. Aber manchmal haben so blank polierte Oberflächen auch ihre – Auswüchse.«

Ich versuchte vergeblich, mir die Auswüchse einer Oberfläche vorzustellen. Alexa verstummte, riss vielsagend die Augen auf, und ich bemerkte, dass Katharina hinter mir stand. Sie legte die Hand auf meine Schulter und fragte leichthin: »Na, amüsiert ihr euch?« Dann beugte sie sich zu mir runter: »Die Kleine ist eben gegangen.« Sie schaltete wieder in den Gastgebermodus: »Na, dann will ich mal draußen nach dem Rechten sehen.« Alexa sah ihr nach, trank ausgiebig und blieb stumm. »Auswüchse?«, half ich ihr auf die Sprünge. »Schattenseiten, die ich nicht sehe?«

»Ich kann dir nicht mehr sagen, Schlomo. Ich habe schließlich auch eine Verpflichtung. Und egal, was die Kinder treiben – ich stehe zu ihnen.« Mit fahriger Entschlossenheit führte sie das Glas zum Munde. Haltstopp! Mich erst anfüttern und dann kneifen? Alexa konnte doch jetzt nicht so einfach versiegen! Auch war ihrem vielsagenden Blick anzumerken, dass sie nur zu gerne endlich von der zart-schmierigen Andeutung zum hart-schmutzigen Faktum übergehen würde; sie wartete nur auf einen Startschuss, eine Absolution, eine Entbindung von der Schweigepflicht. Die bot ich ihr an: »Alexa, du bist die Einzige, die mir helfen kann«, raunte ich. »Diese Familie hat mich quasi mit Haut und Haaren verschlungen, aber –«, hier hob ich verzweifelt die Stimme, »– aber ich komme gar nicht richtig an sie ran! Sie bleiben mir ein Rätsel! Kannst du mir nicht helfen, das Rätsel zu lösen? Wenigstens ein bisschen?« Und ich berechnendes Dreckschwein schenkte ihr das Glas wieder voll und sah so erbärmlich drein, als hätte mich ein Filialleiter in seiner Biotonne erwischt. Dann hörte ich mich tatsächlich sagen: »Man sieht es mir zwar nicht an, aber ich bin kein gesunder Mann. Ich habe diverse … aber das würde jetzt zu weit führen … nur so viel: Ich bin nicht mehr der Robusteste.«

Alexa ergriff meine Hände und knetete sie wie einen Hefezopf: »Du Ärmster! So was habe ich mir schon gedacht! Von Anfang an! Du wirkst wirklich – angegriffen, Scholem!«

»Schlomo.«

»Ja. Kann ich irgendwas für dich tun?«

»Du könntest mich – ins Benehmen setzen. Was muss ich über Marvie wissen? Und über die Familie?« Alexa sah sich konspirativ um, und dann pladderte es – leise, aber heftig – los:

»Innig! Ich sage nur: SEHR innig! ZU innig! Dazu muss man sagen, dass zwar niemand zu Schaden kommt, nicht wahr! Aber trotzdem: rein bürgerlich betrachtet – ein Skandal. Stell dir vor: Da wird gezankt und gealbert, und dann siehst du meinetwegen Laura und Ritchie. Und das ist nicht nur so ein Zanken und Albern! Das ist viel, viel mehr! Das ist sehr, sehr innig! Ich dachte, ich falle tot um, als ich das zum ersten Mal gesehen habe! Verstehst du, was ich meine, Schmul?«

»Schlomo.«

»Ja, genau.«

»Ich ahne, was du meinen KÖNNTEST. Aber GLAUBEN tu ich dir das nicht! Du willst mich doch jetzt hochnehmen, oder!«

»Schlomo, welchen Grund hätte ich? Guck mal, du bist ein guter Kerl, das sehe ich doch. Du bist ein guter Kerl mit einem großen Herzen! So etwas merke ich sofort! Weil ich auch ein gutes Herz habe! Aber unser Herz macht uns so – verletzbar, nicht wahr! Und deswegen solltest du wissen: Diese Familie ist nun mal nicht wie andere! Und Laura und Ritchie … ich weiß nicht, ob sie immer noch … eigentlich geht es mich auch gar nichts an, aber eben nicht nur Laura und Ritchie, verstehst du?«

Mein großes, gutes Herz rumpelte unter einem erneuten Koffeinstoß los, als ließe jemand einen Sack Kartoffeln in meinen Brustkorb purzeln. Ich griff mir erschrocken an die Pumpe, was Alexa gründlich missverstand: »Nein, du darfst Marvie jetzt nicht verurteilen! Sie trägt keine Schuld daran! Sie kennt es ja nicht anders! Für sie ist das alles ganz – natürlich!« Auf meinem inneren Monitor baute sich folgendes Bild auf: der ganze inzestuöse Familienkörper Lövenich, nackig gemacht, ineinander verschlungen, verteilt über sämtliche Sofas des Hauses; ein orgiastisches Gestöhne und Gelutsche und Geschiebe, durch alle Räume, die Fenster beschlagen, der Haussegen umnebelt von sexuellem Schweiß und dem Kondenswasser der Wollust, und dann klack-klack-klack die zahlreichen Zigaretten danach angezündet … und diese Vision stieß mich noch nicht mal ab, sondern war im Gegenteil Wasser auf meine aphrodisierte Mühle, aber das konnte ich Alexa gegenüber ja kaum zugeben, Herrgott, welches Gesicht setzt man denn am besten auf, wenn einem gerade vollblütig-sündige, blutschänderische Gelage gepetzt werden … »Weiß Paps davon?«

»Schlomo! Du bist wirklich ein Herzchen! Natürlich weiß er davon! Er hat ja damit angefangen!«

Haltstopp! Irgendwie ging hier irgendwas zu weit!

Eine Hand griff in meinen Nacken, fuhr mir über die gesträubten Haare und blieb auf der Schulter liegen, ein Stöckchen tippte mehrmals an meinen Arm: Mendelssohn. Warum störten mich meine Freunde immer zielgenau in den saftigsten Momenten meiner Konversationen! Da führt man e i n m a l im Jahrzehnt eine feuchte Unterhaltung, und immer wenn es gerade in die Vollen geht, taucht einer dieser Brüder auf und will wahrscheinlich sein Gewissen erleichtern! Verärgert ruckelte ich am Blindenstab: »Was gibt's denn schon wieder!«

»Entschuldige!«, sagte Mendelssohn beleidigt. »Ich hab nicht gesehen, dass ich störe!« Alexa ließ sich, erschöpft vom heiklen Verrat, ins Polster zurücksinken. Ich entschuldigte mich meinerseits bei Mendelssohn für meine geblaffte Reaktion und wiederholte zivil: »Was gibt es denn?«

»Wir müssen reden«, sagte er erwartungsgemäß, und zum zweiten Mal fand ich mich in einem Gartenpavillon zur Erörterung ethischer Fragen wieder. Allmählich gingen mir all diese moralischen Bedenkenträger auf die Nerven. Himmelherrgottsakra! Ethik, Moral, Benimm – was für ein relativer Tand! Waren unsere Maßeinheiten nicht viel zu eng und provinziell? Wir Korinthenkacker! Siehe: Die Erde dreht sich so oder so weiter, egal, wie viele schlechte Dichter in einer Wäschekammer röcheln und egal, wie viele Blutsverwandte sich ineinanderstecken – es ist ein einziger Auf- und Abbau von entseelten Molekülen, und alles, was aus diesem molekularen Hin und Her entsteht, ist nichts anderes als entseelte ENERGIE! Nur unser kleinliches Hausmachergemüt macht aus dieser Energie einen Schmus von Liebe, Gewissen und Candlelight-Dinner, nein, meine lieben Freunde: Irgendwas entsteht, und nach einer Weile verpufft dieses Irgendwas, aber es gibt keinen Grund, mit zerquälten Gesichtszügen stundenlang auf einer harten Pritsche diesem Irgendwas hinterherzugrübeln! Packen wir es an! Verpfeifen wir unser Selbst in energetischen Schüben, rammen wir uns Champagner in den Leib, lasst uns rammeln und töten, und lösen wir uns selber auf, bevor es ein anderer tut!

Ungeduldig betrachtete ich den moralischen Mendelssohn und wusste, was jetzt käme: Buhuhu, da liegt ein Mensch, der haucht sein Leben aus, während wir … jajaja, in der Grundschule hatten wir einen Spruch: »Hier ist ein Mensch, der muss auf Klo, gebt ihm Papier, dann ist er froh!« War damit nicht alles gesagt? Oder jedenfalls fast alles?

Mendelssohn: »So geht das nicht. Nehmen wir mal an, der Dicke liegt wirklich im Sterben. Müssten wir ihm da nicht so etwas wie Beistand leisten? Arschloch hin oder her – niemand hat es verdient, so alleine und erbärmlich abzudanken. Würdest DU so sterben wollen?«

Okay, das war ein Gedanke. Natürlich würde ich nicht gerne mutterseelenallein in einem Kämmerchen vergehen, während aus dem unteren Stockwerk heiteres Partygeraune zu mir dringt, und mein letzter Blick in diese Welt wäre die Unteransicht einer rustikalen Truhe mit Camping-TV. Nein, da hatte Mendelssohn durchaus recht. So etwas hatte noch nicht mal dieser Molekülhaufen da oben verdient. Ich merkte, wie meine polytoxe Umnachtung abflaute und sich so ein überflüssiger Rotz wie Mitleid und Anstand Bahn brach. Wie würde ich denn gerne sterben wollen? Natürlich hätte ich gerne meine Lieben dabei, damit der Übergang so vonstatten ging, als säße ich in einem Zug, der sanft anfährt; und wir heben grüßend die Hände und lächeln uns liebevoll an, bis wir uns schließlich aus dem Blick verlieren … »Aber wir können doch jetzt nicht einfach nach oben gehen und den Typen lieb anlächeln! Vielleicht will er uns gar nicht sehen! Es könnte ja sogar sein, dass er sauer auf uns ist!«

»Lass uns hochgehen. Trotz allem.«

Kapitel 12

beschreibt den Versuch einer Letzten Ölung und
eine gewisse Planlosigkeit angesichts der Letzten Dinge.

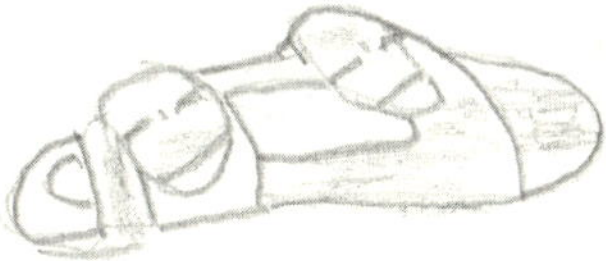

Ein Mann wie seine Schuhe:
Ritchies Sandalen

Ritchie saß wie ein Museumswärter vor dem Sterbezimmer und wirkte immer noch verstört und unschlüssig. Er ließ uns hinein und schloss leise die Tür. Dann hörten wir, wie er ein paar durstig über den Flur geisternde Schauspielschüler in die Küche schickte. Komisch, der ruhige Ritchie sah gar nicht aus wie jemand, der regelmäßig in ein sündiges Treiben der Extraklasse verstrickt war.

Der Wurstmann lag in seiner alten Position, die Augen geschlossen. Ich kniete mich auf den Boden, hievte mich in einen Spagat über die Blutlache und wusste nicht, wie ich ihn ansprechen sollte: Hallo? Kuckuck? Was geht, Digga? Vorsichtig piekte ich ihm in die Schulter. Keine Reaktion.

»Isser tot?«, flüsterte Mendelssohn.

»Keine Ahnung. He! Hallo! Hörst du mich?«

Keine Reaktion. Er war von erstaunlicher Blässe. Und

obwohl synchron zu seinen Wutanfällen schon Hektoliter an Spirituosen durch seine Wangenäderchen und über seine Nase gelaufen sein mussten, wirkte seine Gesichtshaut profund fahl, zutiefst käsig; kurz: Er sah aus wie ein schlafender Veganer. Im Film legt man in solchen Fällen zwei Finger an den Hals, sieht hoch und sagt ernst: »Da ist nichts mehr zu machen.« Oder: »Wir verlieren ihn.« Ich legte zwei Finger an seinen Hals, drückte hie und da, tastete nach der Carotis, aber unter dem Halsleder rührte sich gar nichts. »Ich glaube, jetzt ist er weg. Richtig tot.«

Schweigen.

»Wie sieht er aus?«

»Naja, ich würde mal sagen: wie ein alter Gouda.«

»Nein, ich meine seinen Ausdruck! Gequält oder ruhig oder was!«

»Hm. Irgendwie: nichtssagend. Wie einer, der auf einen Bus wartet. Aber mit geschlossenen Augen.«

»Hast du ihm die Augen …?«

»Nee, das muss er selbst gewesen sein. Ich könnte so was nicht. Aber ich bin froh, dass er uns nicht anguckt. Das wäre ja noch schöner.«

»Nun gut«, sagte Mendelssohn und stieß eine Art Pfiff aus. »Dann bin ich mal gespannt, was die Lövenichs jetzt noch so vorhaben.« Ich erhob mich und dann fiel mir siedend heiß ein: »Verdammt, ich hab ihn eben am Hals berührt! Kann man da meine Fingerabdrücke feststellen? Können die so was heutzutage nachweisen – Fingerabdrücke auf Haut?«

»Ich weiß nicht. Vielleicht nivelliert sich das. Zum Beispiel wenn sich zwei die Hand geben: Hinterlässt das bei jedem die Fingerabdrücke des anderen? Aber wo du's sagst: Was ist mit unseren Fußabdrücken? Und den Türklinken? Und Fasern aus der Kleidung? Wenn die den ganzen Raum mit ihrem DNA-Dingsbums unter die Lupe nehmen – wir müssen doch Spuren hinterlassen haben wie eine Horde Büffel! Die können bestimmt ganz genau nachvollziehen, wer alles hier war! Und sie werden fragen, was wir hier gemacht haben! Und was dann?«

Es fühlte sich an wie zuziehende Schlinge.

Kriegsrat! Wir brauchten jetzt dringend einen Kriegsrat! Oder eine Forsa-Umfrage! Außerdem musste ich mir sofort die Hände waschen oder ein Vollbad nehmen. Obwohl doch nur zwei Finger mit dieser pappkalten Materie in Berührung gekommen waren, durchfuhr mich ein Ganzkörpergrusel. Ich sah noch einmal auf die Stelle, auf die ich meine Finger gelegt hatte, und wunderte mich darüber, dass ich offenbar Eindruckstellen hinterlassen hatte. Außerdem lagen diese Eindruckstellen etwas unterhalb der von mir berührten Punkte. Angewidert und mit spitzen Fingern zupfte ich an dem schwarzen Rollkragen der Wurst, hob den Stoff an und schaute darunter.

»Nee!«

»Was ist? Was ist?«

»Da sind Flecken am Hals! Da hat jemand seine Finger reingedrückt!«

»Was?«

»Jemand hat ihn erwürgt! Er ist nicht nur verblutet – da

hat noch jemand nachgeholfen! Verdammt! Jetzt sind wir richtig am Arsch!«

Mendelssohn begann zu fluchen: »Diese Idioten! Wie kann man nur ... jetzt nimmt ihnen doch kein Forensiker der Welt mehr irgendwas ab!«

»Und am Ende bin i c h es noch gewesen! Ich hatte doch als Letzter meine Hände dran!«

Mein Organismus schien sämtliche Toxine auf einmal freizusetzen. Die Situation in all ihrer Vertracktheit lag vor mir wie ein vernebelter Grundriss: Hier ein Zimmer mit einer Leiche, da unten die Lövenichs am Feiern, und ich bald in einer Zelle. Und Marvie als Motiv würde ausreichen! Verbrechen aus Leidenschaft wird doch gerne genommen! Zu Hilfe! Andererseits hatte ich fast durchgehend ein Alibi! Aber was für ein vertrauenswürdiges Bild würde eine angesoffene Alexa im Zeugenstand abgeben? ›Klar habe ich mich mit einem gewissen Schmul unterhalten. Ich weiß nur nicht, wann und wo.‹

»Mendelssohn, du kannst doch bezeugen, dass ich ihn nicht gewürgt habe, gell?« Mein einziger Augenzeuge klopfte mit dem Blindenstock auf: »Natürlich! Das hätte ich aber gehört!«

»Und wenn sie uns fragen, was wir beide hier noch zu suchen hatten?«

»Einem Sterbenden Beistand leisten. Ob das gilt? Ist doch eigentlich eine ehrenwerte Sache!«

»Aber nicht, wenn man das Sterben noch hätte verhindern können! Einfach nur müßig die Letzte Ölung geben – damit ist man doch nicht aus dem Schneider!«

Wir traten den Rückzug an und verhörten Ritchie: »Weißt du, dass er tot ist?«

»Nein! Echt?«

»Wer war als Letzter bei ihm?«

»Na, ihr!«

»Nein, vor uns!«

»Niemand!«

»Ritchie, lüg uns nicht an! Wer war vor uns im Zimmer!«

»Ich schwöre es: Niemand!«

»Und du warst die ganze Zeit über hier?«

»Aber ja doch!«

»Du bist auch nicht mal kurz weggegangen?«

»Doch. Einmal war ich auf Klo. Aber nur ganz kurz! Ich schwör's!«

»Gut!«, sagte Mendelssohn. »Das war's.«

Ich ging mir die Hände waschen. Ritchie blieb wie versteinert auf seinem Aufpasserstuhl sitzen, Mendelssohn und ich kletterten wieder zurück auf die Party.

Kein Schauspielschüler weit und breit, das gesamte junge Volk war verschwunden, nur einige ältere Reste hingen noch leise labernd an ihren Gläsern. Laura stand mit Paps zusammen. Alexa war auf ihrem Sitzelement eingenickt. Marvie war wohl noch immer oben. Augenblick mal! Oben? Vielleicht hinter der Türe gewartet, bis Ritchie ins Bad ging? Dann hurtig den treulosen Galan abgemurkst und wieder zurück ins unschuldige Mädchenzimmer?

Katharina kam auf mich zu: »Schlomo? Hast du eine Minute?«

»Ja, sicher. Wo sind sie denn alle hin?«

»Weitergezogen. So ist das heute. Das nächste Event ruft schon.«

Cromwell trat an Mendelssohn heran, und Mendelssohn mauschelte ihm die Neuigkeiten ins Ohr. Katharina sah mich an, indifferent, vorsichtig. »Schlomo, ich wollte dich nur vorwarnen.«

»Ich weiß!«

»Ach so? Was hat sie denn dieses Mal so erzählt?«

»Wer?«

»Alexa. Ich habe gesehen, wie sie auf dich eingeredet hat. Und ich wollte dich warnen: Wenn Alexa einen kleben hat, dann erzählt sie immer die irrsten Geschichten! Völlig absurd! Das liegt an ihrer Krankheit. Eigentlich darf sie gar keinen Alkohol trinken. Das verstärkt noch ihre Psychose.«

»Was?«

»Ja, Alkohol und Psychose – eine schlimme Mischung. Dann fängt sie an zu fantasieren. Immer neue Geschichten. Womit hat sie dich denn beglückt?«

»Ach, ich weiß gar nicht mehr … Hauptsächlich ging es um Hitler.«

»Ja?« Katharina zog ein ebenso beiläufiges wie misstrauisches Gesicht.

»Jaja«, sagte ich abwimmelnd, »Treblinka, Sobibor, Theresienstadt … Du weißt schon.«

»Du Armer. Das tut mir leid. Das ist ja nun nicht gerade ein unterhaltsamer Party-Talk.«

»Ach, es ging so.«

»Und sonst nichts?«

Ja, Hallo. Natürlich wusste Katharina Bescheid. Und spätestes jetzt wusste sie, dass auch ich Bescheid wusste. Im Gegensatz zu Cromwell und der Familie Lövenich kann ich nämlich nicht aus dem Stegreif lügen. Zum Lügen bedarf ich einer gewissen gedanklichen Vorbereitung. Aber ohne Anlauf, quasi aus dem Stand, gerät mein Sprachmotor ins Stottern, ich rede einen erstaunlichen Unfug, ich werde puterrot, kurz: Deutlicher kann ein Mensch nicht lügen. Es sei denn, er trägt eine Baseballkappe mit dem Aufdruck »Ich lüge gerade«.

»Nee … nur Hitler … war aber gar nicht schlimm, musst du dir nichts bei denken … ganz normal … Hitler halt … du weißt ja … immer am Schreien, immer am Leute ermorden … aber sonst nix.« Katharina sah mich an. Ich schwitzte. Wie sollte ich bloß die kommenden Stunden bei der Mordkommission überleben? Wenn mich schon Katharinas Blick zum Zappeln brachte? Jetzt half nur die Flucht nach vorn:

»Übrigens: Ich war eben mit Mendelssohn oben. Er ist tot. Nicht Mendelssohn, sondern …«

Katharina sah durch den Saal und schien die Gäste zu zählen. Dann schlug sie mir auf die Schulter, als hätte ich der Wurst den Garaus gemacht, und ging zu Schwiegerpaps, um ihm etwas ins Ohr zu flüstern. Was an diesem Abend alles weggetuschelt und weggewispert wurde! Wie viele Lippen sich heute schon an Ohren gerieben hatten! Es war wie bei der Stillen Post, nur nicht so unverfänglich wie auf einem Kindergeburtstag, wo aus »Sebastian frisst immer Torte« am Ende »Der Hahn findet keine Worte« wurde. Hier bei den Lövenichs gab man PARTY ein, und nach einer Runde kam TOTSCHLAG wieder raus. Oder INZEST oder MEUCHELMORD.

Cromwell und Mendelssohn hockten inzwischen bei Schwiegerpaps und Laura; keiner sprach, alle schienen auf den Abmarsch der letzten zähen Gäste zu warten. Schwerfällig bewegten sich die Überfälligen in Richtung Ausgang, höflich eskortiert von Katharina, noch einmal brandete Gesprächslärm ins Wohnzimmer, Abschiedsfloskeln, launiges Adieu, und dann endlich – Ruhe. Nur Alexa schnarchte zart auf ihrem Polster. Katharina breitete sorgsam eine karierte Decke über sie aus; in ihrer Unschuld wirkte die Geste besonders bizarr. Im Eiltempo räumte die Küchen-Crew auf, baute Buffets ab, trug körbeweise Geschirr und Besteck aus dem Haus, während ich bei jedem Blick auf die Uhr zwanghaft daran denken musste, ob und wie im oberen Stockwerk bereits Verwesungsprozesse in Gang kamen. Das Catering-Team verschwand, Laura schloss die Türen zum Garten. Und wie auf Verabredung setzte sich unser Trupp in Bewegung; wortlos stiegen wir in den ersten Stock und versammelten uns im Sterbezimmer der Wurst. Ritchie holte Marvie aus ihrer Mädchenkammer, und zum zweiten Mal standen wir im ratlosen Halbkreis um den schwarzen Sack herum.

Kapitel 13

erwägt einige technische Fragen
zum fachgerechten Umgang mit einer
lästigen Leiche.

Paps Lövenich (unter Drogen gezeichnet)

Nach zwei Sekunden der angetäuschten Pietät plapperten alle durcheinander:

»Wie blöd kann man eigentlich sein!«

»Na prima! Jetzt sind wir geliefert!«

»Wer war das!?«

»Was ist denn los?«, fragte Marvie unsicher dazwischen. Entweder war sie tatsächlich nicht auf dem Laufenden oder aber die Jahrgangsbeste ihrer Schule. »Heucheln für Fortgeschrittene.« Wieder herrschte allgemeine »Bestürzung« und »Betroffenheit«, und auch diesmal hatte niemand etwas gesehen oder gehört, geschweige denn der Wurst die

Gurgel eingedrückt. Nachdem sich alle noch einmal gegenseitig ihrer Unschuld versichert hatten, ergriff Schwiegerpaps die Leitung unseres kleinen Unternehmens. Der sympathische Selfmade-Bankrotteur prüfte kurz den perfekten Sitz seiner Tolle und gab Anweisungen: Wir müssten nun überlegen, wie wir uns des wurstlichen Leichnams entledigen sollten. Und er, Paps, schlage vor, diese Überlegungen nicht im Angesicht des Verblichenen anzustellen, da sich dessen Gegenwart schlecht auf unsere Nerven und hemmend auf die Kreativität auswirken könne. Er schlage als Konferenzraum die Küche vor. Im Gänsemarsch zuckelten wir zurück in die Küche. Wo sich vor noch wenigen Stunden inmitten des gastronomischen Getriebes mein schwer kranker Körper beglückt an Marvies blühendem Leben gerieben hatte, herrschte nun eisige Ödnis und gequältes Nachdenken. Cromwell versuchte noch einmal, ein wenig Vernunft ins Spiel zu bringen: »Mal angenommen, einer von euch hat den Dicken eben gerade entdeckt. Da liegt also plötzlich ein Toter, aber von uns hat keiner etwas getan oder gesehen. Ergo muss die Polizei dann doch nicht nur uns, sondern auch die gesamte Party-Besetzung verhören. Es wimmelt also von Verdächtigen. Damit kommen sie nicht weiter und müssen irgendwann die Akte schließen ...«

»Das glaubst du doch wohl selber nicht!«

»Einmal in den Fängen der Polizei – und du bist verloren! Die hängen dir noch deinen eigenen Selbstmord an!«

»Und was ist mit den DNA-Analysen? Die kriegen doch genau raus, wie lange er schon da gelegen hat und wer zu welchem Zeitpunkt bei ihm war und was derjenige vor drei Monaten zum Frühstück gegessen hat …«

»Zäumen wir die Überlegungen der Polizei doch von hinten auf«, sagte Mendelssohn. »Und zwar mit dem Motiv. Wer von uns ist denn gefährdet? Wer hatte hier denn alles ein Motiv?«

Es hob zwar niemand die Hand, aber alle Lövenichs warfen sich so bedeutsame Blicke zu, dass jeder Commissario im ersten Lehrjahr die gesamte Bagage sofort hopp genommen hätte. Was hatte der Wurstmann noch getönt: Er werde aus den kleinen Geheimnissen der Familie Lövenich große Literatur machen? Er werde sie auf die Bühne zerren? Und zwar nicht nur das doppelbödige Stiftungswesen von Paps – was nachträglich den Verlust der lövenichschen Geldquellen bedeuten könnte –, sondern auch die schmuddeligen Familieninterna – also jede inzüchtige Stellung, die von der angeblichen Psychotikerin Alexa bereits so diskret angedeutet wurde. Die Wurst hatte die gesamte Familie bedroht; alles in allem also ein klarer Fall von Notwehr. Und Affekt.

Bis auf die verdammten Würgemale!

»Es hilft nichts«, sagte Paps, »wir müssen ihn verschwinden lassen. Ich bitte um Vorschläge.«

Wir Fachleute sagen nicht »verschwinden lassen«, wir nennen das »die Leiche ablegen«.

Aber einen so über und über mit sachdienlichen Hinweisen übersäten Toten lässt man besser doch verschwinden.

Zersägen? In einen Baggersee werfen? Ihn einfach bei

Dunkelheit in Thorstens Cabrio setzen? Oder ihm einen Sprengstoffgürtel umbinden und ihn in einem Finanzamt hochgehen lassen? Die Wurst hatte doch garantiert Ärger mit dem Finanzamt! Wenn jemand ständig behauptet, er sei gegen das Establishment, dann macht der irgendwann auch solche Sprengstoffattentate! Ist doch logisch! Ich konnte schon die Leichenrede hören: Der Vorsitzende des deutschen Pen-Clubs steht vor dem Töpfchen mit den Wurstresten und sagt: »… hat es hier einen Unbequemen aus unserer Mitte zerrissen …« Ich musste kichern. Cromwell bedachte mich mit einem Blick. Paps Lövenich fragte pädagogisch wertvoll: »Ja, Schlomo? Haben Sie eine Idee?«

»Der Klassiker wäre doch: Im Garten verbuddeln.«

»Und irgendwann kommt ein Hund daher und gräbt ihn wieder aus.«

»Dann im Keller in Zement einlegen. Eine kleine Holzverschalung, den Dicken rein, Zement drumherum, fertig ist ein Sockel.«

Paps sagte lobend: »Hier kommen wir der Lösung wohl näher. Gut, Schlomo.« Ich errötete geschmeichelt. Paps war wirklich eine pädagogische Naturbegabung. Und wieder schnatterten alle durcheinander:

Katharina: »Wir lösen ihn in einem Säurebad auf!«

Ich: »Geht nicht. Dauert erstens sehr lange, und zweitens musst du am Ende eine Wanne voller Glibber entsorgen. Und ich glaube, bei Schwefelsäure gibt es so was wie ein Entsorgungsprotokoll mit deinen Personalien.«

Cromwell: »Das heißt ›Endverbleibserklärung‹. Da höre ich doch schon den Kommissar: ›Der Vermisste wurde zuletzt in Ihrem Haus gesehen. Warum haben Sie am Tag danach einhundert Liter Schwefelsäure gekauft?‹«

Laura: »Woher wisst ihr das alles?«

Ich: »Ach, manchmal macht man sich doch so seine Gedanken.«

Mendelssohn: »Apropos ›zuletzt gesehen‹ – als Erstes brauchen wir Zeugen dafür, dass er die Party wieder verlassen hat! Das ist jetzt das Wichtigste!«

Wohl wahr, wir mussten die letzte Spur verlagern. Quasi den Dicken jemand anderem in die Schuhe schieben. Ihn vielleicht doch in Thorstens Cabrio setzen?

Cromwell: »Ich resümiere: Eine Menge Leute haben ihn kommen sehen. Dann hat er laut rumgepupt und ist mit Herrn Lövenich nach oben gegangen. Danach fehlt von ihm jede Spur. Seine Freundin denkt immerhin, dass er hier oben noch mit Marvie rumgemacht hat. Aber gesehen hat sie ihn nicht. Wir brauchen jetzt also jemanden, der – außer uns – bezeugen kann, dass er das Haus lebend verlassen hat. Auf den eigenen Beinen. In ordnungsgemäßem Zustand.«

Laura: »Wenn er ein Taxi genommen hätte, wären wir raus aus der Nummer!«

Schweigen.

Katharina: »Lässt sich das nicht nachholen?«

»Wie jetzt?«

»Jemand, der ihm sehr ähnlich sieht, setzt sich in ein von unserem Telefon aus gerufenes Taxi. Und fährt zu ihm nach Hause. Er verschwindet in der Eingangstür – und voilà!«

»Das stimmt! Den Taxiruf hätten wir auf unserem Gesprächsnachweis. Und Taxifahrer werden doch ständig von der Polizei als Zeugen befragt!«

»Aber wer macht's?«

Wir musterten einander, prüfend auf Statur und Hässlichkeit. Aber niemand war auch nur ansatzweise wie der Wurstmann.

Ich: »Wir stopfen denjenigen ein bisschen aus, ziehen ihm Wurstmanns schwarze Sachen an, setzen ihm seinen dämlichen Künstlerhut auf – und dann ins Taxi. Er muss gar nichts sagen, denn um die Uhrzeit wäre der Dicke sowieso rotzbesoffen gewesen. WIR sagen dem Taxifahrer die Adresse und geben ihm das Geld: ›Stimmt so. Liefern Sie unseren dicken Freund doch bitte lebend da und da ab.‹ Und derjenige zieht auf der Rückbank nur seinen verdammten Hut ins Gesicht und steigt irgendwann aus. Und fertig!«

»Sehr gut, Schlomo!« Ich schien in Paps Achtung immer höher zu steigen. »Aber wer macht es?«

Paps war von zu großer markanter Gestalt. Der Wurstmann brachte es im lebenden Zustand höchstens auf ein Stockmaß von ein Meter fünfundsiebzig. Damit fiel auch Ritchie aus: Ebenfalls viel zu lang und obendrein hatte er zu schlechte Nerven. Am Ende bekam er noch im Taxi einen Weinkrampf: »Buhuhu, mir ist das alles zu viel! Jetzt musste ich mich auch noch verkleiden!«

Cromwell schüttelte schon prophylaktisch den Kopf: »Ohne mich. Mir reicht schon die Mitwisserschaft. NOCH tiefer will ich nicht drin sein.« Alle sahen mich an. »Nein!«, schrie ich panisch. »Für so was eigne ich mich gar nicht! Ich bin mehr der Mann für den Hintergrund! Ich habe schlechte Nerven! Und ein schwaches Herz! Und ich zieh nicht die Sachen von einem Toten an! Schon gar nicht so eine eklige Weste! Und überhaupt: Ich kann nicht für fünf Pfennig schauspielern!«

Schweigen, und diesmal schauten alle auf Marvie. Genau, warum sollte SIE nicht die Wurst geben! Erstens war das doch ihr Fachbereich, zweitens kannte sie ihn am besten, und drittens hatte sie ihn ja erst hier angeschleppt. Und ihn viertens in ihrer unglaublichen Naivität mit dem Herrschaftswissen über die Familie ausgerüstet. Arme, kleine, naive Marvie! Man gibt doch nicht Hinz und Kunz die intimsten Familiengeheimnisse preis. Und schon gar nicht solch einem fleischgewordenen Durchlauferhitzer. Nein, meine Marvie war wirklich zu gut für diese Welt. Oder vielleicht auch nur zu blöd? Erschrocken ließ ich diesen abtörnenden Gedanken fallen. Wenn man mich unter Stress setzte, konnte ich aber auch ungerecht werden! Marvie und blöd? Nie und nimmer!

Und meine Marvie sagte mit fester Stimme: »Ich mach's.«

Kapitel 14

macht aus einer hinreißenden jungen Frau
eine besoffene Wurst.

Es geht eine Wurscht
auf Reisen ...

Es war gespenstisch. Katharina hatte Einweghandschuhe geholt; sie und Laura fingerten nun etwas uninspiriert am dicken Dichter herum. Der Rest unserer Rasselbande hielt sich im Halbkreis zurück wie eine Schar eingeschüchterter Assistenzärzte.

»Wir müssen ihm unbedingt die Weste ausziehen«, sagte Katharina angeekelt.

»Ja, widerlich, das Teil«, sagte ich.

Cromwell warf mir einen Blick zu.

»Wegen der Wiedererkennung. So eine auffällige Weste würde sich doch jeder Taxifahrer merken.«

Laura versuchte, den Dicken anzuheben.

»Weiß jemand, ab wann die Totenstarre einsetzt?«

»Keine Ahnung. So nach zwei Stunden vielleicht?«

»Später geht sie jedenfalls wieder weg.«

»Laut Forensik ist die Leiche erst weich, dann ein paar Stunden starr und dann wieder weich.«

»Wieso?«

»Frag mich was anderes!«

Katharina und Laura knöpften die Weste auf. »Könnte mal jemand seinen Kopf hochhalten? Damit wir besser an die Weste kommen?«

Schwiegerpaps streifte sich Handschuhe über und begab sich an das Kopfende des Dichters. Das Blut war geronnen, und Paps legte beide Hände unter das verkrustete Haupt.

»Eins, zwei drei!«

Auf Drei richteten sie den Oberkörper auf. Trotz der fortgeschrittenen Zeit war der Dichter noch immer gelenkig genug. Paps hielt den Kopf hoch, so dass es aussah, als sei der Dichter zwar erheblich ballaballa, aber noch am Leben.

»Er ist sogar post mortem keine Schönheit.«

Cromwell warf mir einen Blick zu. Mendelssohn kicherte: »De mortuis nil nisi bene.«

»Na gut. Dann sagen wir es mal so: Der Tod veränderte kaum sein Antlitz.«

»Ruhe, verdammt!«

Katharina und Laura wühlten die Wurst aus der Weste. Sie wies keine Flecken auf. Laura übergab sie an Marvie:

»Und jetzt such dir schwarze Klamotten und was zum Auspolstern.«

Der Dichter wurde wieder zurückgelehnt und Paps rollte ihn in den Teppich ein. Wir übrigen verfolgten die Verpackung mit besinnlicher Miene. Man hätte eventuell etwas getragene Musik spielen sollen. Aber selbst mir fiel kein Stück ein, das der Wurst gerecht geworden wäre. Vielleicht der Radetzky-Marsch? »Hier fliegen gleich die Löcher aus dem Käse«? Und jetzt singen wir alle den schönen Choral: »Oh du schöner Westerwald«? Die Mädchen gingen in Marvies Zimmer, Schranktüren klappten, es folgte ein beratendes Modegespräch: »Nein, das ist nicht dick genug. Nimm noch das kleine Kissen dazu.«

»Hier, das ist die weiteste Hose, die ich habe.«

»Ski-Unterhosen tragen doch gut auf.«

»Genau, mehrere Ski-Unterhosen müssten's bringen.«

Paps wandte sich an uns: »Und wir gehen jetzt in den Keller. Den Boden sondieren. Ich denke, Schlomos Idee ist die beste. Zement ist leicht zu beschaffen. Und luftdicht und geruchsbindend. Falls hier jemals Ermittler auftauchen sollten. Was ich allerdings bezweifle. Wenn Marvie ihre Sache gut macht … Theoderich?«

»Ja, Papa?«

»Kümmer dich um Alexa. Wenn sie wach wird, halt sie von Küche und Keller fern. Und ruf mich.«

»Ja, Papa.«

Wir stiegen in den Keller. Der erste Raum war vollgestellt mit Lauras halbrenovierten Möbeln. Der zweite Raum war eine Waschküche mit Waschmaschine und

Trockner, einem alten Hasenkäfig und einer brummenden Heizungsmaschinerie. Cromwell und Mendelssohn blieben in der Tür stehen, Paps und ich schritten den Grund ab. Wir schoben Wäschekörbe zur Seite, Paps zwinkerte mir zu, ich setzte mich auf die freigewordene Fläche, machte mich lang, schloss die Augen und faltete die Hände über dem Bauch: »Passt perfekt.«

Cromwell erklärte Mendelssohn: »Schlomo liegt Probe. Länge und Breite stimmen.«

Ich: »Dass die Breite angeblich stimmen soll, das verbitt' ich mir!«

Cromwell: »Okay, die Länge haut etwa hin. Nur in der Tiefe wird man etwas zugeben müssen.«

Mendelssohn: »Wie kriegt ihr den Fußboden auf? Ist das nicht Beton?«

Ich: »Wir müssen ihn gar nicht aufbohren. Wir legen einfach den Dicken auf den Boden, umzäunen ihn mit Brettern und gießen ihn ein. Und sobald er ausgehärtet ist, stellen wir Trockner und Waschmaschine auf das Podest.«

Mendelssohn: »Das wird aber ein unproportional hohes Podest.«

Ich: »Man könnte es ja noch verzieren. Zum Beispiel Muscheln oder Seesterne in die Vorderseite drücken. Oder irgendwas, das thematisch zu ›Waschküche‹ passt.«

Mendelssohn: »Ein eingelaufenes T-Shirt?«

Wir lachten kernig. Es machte Spaß, an etwas so Wichtigem wie einer Leichenentsorgung teilnehmen zu dürfen. Ein ungeheuer cooler Vorgang: Wir Verschwörer ließen uns auch von einem draufgegangenen Kulturträger nicht aus der kaltblütigen Ruhe bringen. Gestatten: Bond. Schlomo Bond. Ich geh da jetzt rein. Und übermorgen kaufe ich mir Stiefeletten. Im Kroko-Look. Ja, wir sind durch die Bank hartgesottene Draufgänger: der Knacki Paps, der lässige Moralapostel Mendelssohn, unser Kollateral-Cromwell. Und allen voran ich, der skrupellose Hasenfuß mit dem ulkigen Nachtschweiß – dass ich auf meine letzten Tage noch so viel Überraschendes und Schönes miterleben durfte!

»Allmählich verspüre ich wieder einen leichten Hunger«, sagte Mendelssohn. »Wie spät ist es?«

»Viertel vor vier. Marvie sollte los, solange es noch dunkel ist.«

Wir gingen in die Küche, machten Kaffee und tischten die Buffet-Reste aus dem Kühlschrank auf.

»So eine Catering-Firma ist schon was mächtig Praktisches. Mendelssohn, hast du schon von diesen Fischhappen probiert? Sensationell!«

»Unbedingt, Herr Mendelssohn!«, insistierte Paps in voller Gastgeberbreite. »Die sollten Sie sich nicht entgehen lassen! Schlomo, noch etwas Champagner? Das wird uns allen gut tun. Was ist, Herr Cromo – Sie wirken bedrückt?«

»Ich BIN bedrückt. Tschuldigung, aber ich habe es nicht alle Tage mit Toten zu tun. Und schon gar nicht damit, sie vor der Polizei zu verstecken.«

»Sie haben recht. Aber wir alle sollten das so positiv wie möglich sehen.«

»Was, bitte, ist positiv daran, wenn im Zimmer über einem eine Leiche…« Wir alle sahen zur Decke, als erwarteten wir dort Feuchtigkeitsflecken. Vom Austritt der Leichenflüssigkeit. »Außerdem macht es mich ungeheuer nervös, dass ich nicht weiß, was da oben überhaupt geschehen ist. Ich finde, wenn ich den Zirkus schon mitmache, habe ich auch ein Recht auf die Wahrheit.«

Cromwell schaute Paps trotzig an, Paps seufzte: »Also schön.«

»Sie sind mit dem Dicken nach oben gegangen? Und dann?«

»Dann kamen die Kinder nach, eins nach dem anderen. Der Dicke beleidigte mich und Marvie. Es war sehr unschön. Und sehr laut. Also bat ich ihn, diese Szene nicht auf dem Flur, sondern in der Kammer fortzusetzen. Da wurde er dann noch unverschämter.«

»Womit hat er Sie denn so aufgebracht?«

Paps bekam wieder seine blauen Eiszapfen und hielt damit auf Cromwell. Er überlegt wohl, ob Cromwell tatsächlich nichts Näheres über das saubere Eingemachte der Lövenichs wusste. Ich war gespannt, in welcher Form ihm Paps die Skandale seiner Familie verkaufen würde.

Paps wedelte mit der Hand, als spräche er von einem kleinen Missverständnis: »Es ging eigentlich um Geld. Ja, ich habe seinerzeit Gelder veruntreut. Aber meine Schuld sitze ich ab, Tag für Tag. Ich schwöre Ihnen: Wenn ich meine Taten rückgängig machen könnte …« Paps seufzte wieder, diesmal so schwer und theatralisch, dass ich ihm seine Reue beinahe abgenommen hätte. Er betupfte sich sogar wie verstohlen die Augen. Wirklich eine melodramatische Begabung. Und dann log er Cromwell und Mendelssohn derart glaubwürdig die Hucke voll, dass sogar ich darüber vergaß, was für ein Ausbund an Finanzkriminalität und spektakulär tabuloser Lebensführung diese babylonisch-sodomitische Familie in Wirklichkeit war. Paps wirkte durch und durch mitgenommen, als er zur Katharsis seiner Lügendramatik kam: Schließlich habe der Dicke geschworen, er würde die Familie finanziell vernichten, aber das wäre ja weniger schlimm, denn dann müsse der weibliche Teil der Lövenichs eben auf den Strich gehen, und so einen großen Unterscheid zu ihrem bisherigen Leben stelle das ja nicht dar … »Lassen Sie mich die obszönen Phrasen nicht wiederholen! Es war unsäglich! Schlimm!« Und in diesem Moment, da der Dicke nur noch aus Häme zu bestehen schien und mit gehässiger Freude die Ehre der Töchter besudelte, da sei er außerdem ganz plötzlich auf Marvie zugegangen, habe die Hand erhoben – und dies geschah alles so schnell und war so bedrohlich, dass erstens Katharina ihn ins Gesicht schlug, zweitens Laura ihm einen Stoß versetzte, auch Marvie und Ritchie hätten ihren Unmut geäußert, und als Folge sei der Dicke gestürzt. Und es wäre nur ein unbedeutendes Handgemenge geblieben, hätte da nicht diese unselige Truhe im Wege gestanden … Paps schien final um Fassung zu ringen und fragte dann: »Hätten SIE IHRE Kinder wegen eines solchen Missgeschicks ausgeliefert? Hätten SIE das gekonnt?«

Cromwell und Mendelssohn schwiegen. Mir schwirrte der Kopf vor Mitgefühl, Skepsis und Champagner. Zwei Fischhappen später war ich der Überzeugung, dass wir alle in absolutem Gleichklang mit der Gerechtigkeit handelten, wenn wir den bösen Mann bald seinem in Blitzzement erstarrenden Schicksal zuführten.

Mendelssohn wendete noch einmal schwächlich ein: »Aber ein menschliches Wesen war er trotzdem.«

»Nur formell«, sagte ich. »In Wirklichkeit gehörte er doch nur zu denen, die unsere Welt verderben! Denk doch mal an all diese asozialen Typen, die uns das Leben regelmäßig zur Hölle machen! Menschen, die uns auf der Straße anrempeln und anpöbeln! Menschen, die uns an der Supermarktkasse betrügen! Menschen, die nachts laut Musik hören! Brüder, wünschen wir alle uns nicht, dass es weniger davon auf der Welt gäbe? Weniger Großmäuler, weniger Raubmörder, weniger Rassisten? Weniger Kinderschänder, weniger Studienräte, weniger Volksmusikanten? Und weniger Hersteller, die verweste Socken und alte Schweinenasen in unsere Lebensmittel rühren? Wie schön könnte unsere Welt ohne sie sein! Und daher finde ich: Wir sollten ihn begraben und vergessen! Beziehungsweise: verschalen – und gut is'! Denn das ist niemand, den wir betrauern müssten. Mehr noch: Wenn wir ihn obduzieren würden, was würden wir an der Stelle finden, wo andere ein Herz haben? Etwa ein Herz? Nein, Brüder! Eher einen Klumpen Roastbeef! Oder eine Giftpumpe!« Es fehlte eigentlich nur noch, dass ich die Anwesenden dazu aufforderte, sich sofort auf die Suche nach weiteren sterbenswürdigen Existenzen zu begeben, auf dass wir die zivilisierte Welt reinigten für alle Menschen guten Willens! Herrgott, wie dicht liegen doch manchmal Humanismus und Psychopathologie beisammen!

Ich konnte die positive Wirkung meines Manifestes nicht lange genießen, denn die Mädchen kamen in die Küche. Beziehungsweise: zwei Mädchen und ein schwarzer Rollmops. Sie hatten Marvie umpolstert oder ausgeschäumt, so dass sie auf ihre doppelte ursprüngliche Breite gebläht war. Schwarze Hosen, schwarze Schuhe, die furchtbare Brokatweste. Der ins Gesicht gezogene Hut ließ eine Mundpartie frei; zwischen zwei hamsterartig nach unten beulenden Wangen ein schmaler Marviemund, aber die herausblinzelnde Haut verschattet und verdunkelt von einem verblüffend echt wirkenden Dreitagebart. Laura und Katharina drehten Marvie voller Stolz: »Na, was sagt ihr?«

»Jesus Christus!«

»Ein Untoter!«

»Kinder, ihr habt euch selbst übertroffen!«

Cromwell beschrieb Mendelssohn den wurstlichen Wiedergänger. Marvie hielt den behüteten Kopf gesenkt; wenn man nicht zu genau hinsah, passte alles vortrefflich. Ritchie betrat die Küche, zuckte zurück und sah einmal mehr an diesem Abend aus, als wolle er weinen. Ich fragte mich allmählich, wie ein Knabe von seinen schlechten Nerven an den heißen innerfamiliären Sinnestaumeleien teilnehmen konnte. Oder ob er den anderen nur die Erfrischungstüchlein reichte?

»Ganz ruhig!«, sagte Katharina. »Das ist doch bloß unser Dummy!«

Ritchie fing sich wieder: »Paps, Alexa ist aufgewacht!«

»Das ist gut«, sagte Paps. »Marvie, setz dich an den Tisch! Sag kein Wort! Und ihr anderen: Ihr unterhaltet euch jetzt mit dem Dicken! Wenn Alexa ihn erkannt hat, bringe ich sie wieder nach draußen. Damit haben wir eine Zeugin zusätzlich!«

Spitze Absätze näherten sich, unregelmäßig klickend. Als Alexa eintrat, machten wir papierne Konversation mit der schweigenden Wurstmarvie:

»He, Glückwunsch zum Dramatikerpreis!«

»Du musst uns unbedingt mehr davon erzählen!«

»Es ist eine Ehre, eine Berühmtheit wie dich in unserer Mitte zu haben!«

Alexa stierte uns an. »Alexa, Liebes, feier' noch ein bisschen mit uns! Der große Dichter erzählt gerade so interessant aus seinem – Leben!«

Alexas Blick blieb an mir hängen: »Ich wollte doch noch… jemand hat uns unterbrochen. Kommst du, Schlehmil?«

»Schlomo.«

»Genau. Wo waren wir stehen geblieben?«

Paps führte Alexa zurück ins Wohnzimmer: »Schlomo ist gerade beschäftigt. Wollen wir noch zusammen ein Gläschen trinken? Ein letztes? Es ist ja schon VIER UHR! Oder irre ich mich? Ist es wirklich schon VIER? Marvie, Liebes, ruf deinem Freund doch ein Taxi! Er sieht so müde aus! Alexa, du erinnerst dich an Marvies neuen Freund? Dieser nette schwarzgekleidete Schriftsteller?«

Die beiden verschwanden. Mendelssohn kicherte: »Das nennt man ›wasserdicht‹!«

»Und jetzt?«

Katharina machte sich Notizen, wie bei einem Einkaufszettel: »Jetzt fährt Marvie mit dem Taxi zum Dicken. Du musst nicht sprechen. Du musst nur hinten sitzen und einen betrunkenen Eindruck machen. Wir geben dem Taxifahrer vorher das Geld und die Adresse. Du steigst aus und gehst ins Haus. Besser: Du wankst ins Haus. Geh möglichst laut in seine Wohnung. Mach dort Krach. Lass Sachen fallen. Zerwühl sein Bett und so. Nimm die Einweghandschuhe mit. Am besten, du betätigst auch mal seine Klospülung! Kannst ja auch vorher aus einer Wasserflasche etwas reinpieseln lassen.«

»Wegen der Authentizität: Nimm dafür O-Saft!«

Mein Perfektionismus wurde ignoriert.

»Dann ziehst du dich um und schleichst dich wieder raus. Nimm nicht die U-Bahn zurück. Wegen der Kameras. Man weiß ja nie.«

»Wir müssen einen Punkt ausmachen, an dem wir dich wieder aufsammeln. Danach fahren wir an eine Tanke und erzählen, dass wir noch Sprit für eine Party brauchen. Wir kaufen ganz auffällig ein paar Flaschen und fertig. Damit wäre der Dicke zu Hause. Und WIR haben eine Begründung, falls uns jemand mit dem Auto zurückkommen sieht.«

»Wir warten auf dem Parkplatz vor dem Altonaer Bahnhof. An der Ecke zu Rossmann. Bis dahin brauchst du vom Dicken höchstes fünf Minuten.«

»Die Schlüssel! Wo sind seine Wohnungsschlüssel?« Marvie tastete die Weste ab. »Die muss er in seiner Hosentasche haben!«

»Igitt!«

»Wer holt sie da raus? Ritchie?«

Ritchie guckte so weinerlich, dass sich Laura demonstrativ genervt neue Einweghandschuhe anzog. Nach zehn Minuten war sie zurück und warf einen Schlüsselbund auf den Tisch. Der Schlüsselanhänger passte nicht zu dem Dicken. Bei einem nihilistischen Brezelkopf wie ihm hätte ich eher ein kleines Beil oder eine Rasierklinge erwartet als dieses große rosafarbene Gummibärchen. Marvie nahm die Schlüssel an sich und knurrte mit tiefer Stimme: »Was ist denn das für eine Kacke!«

Laura schüttelte eine Champagnerflasche und besprenkelte Marvies Kleidung: »Du brauchst eine Fahne! Haben wir irgendwas vergessen? Schnell, noch ist Zeit!«

»Blödsinn!«, grummelte Marvie. »Ich muss nach Hause! Ich hab dreifache Bettschwere! Sieht das denn keiner von euch Idioten?« Sie war gut. Sie drehte das Gummibärchen in Händen, und sogar ihre Fingerchen sahen mit einem Mal aus wie die Brühwürste des Dicken. Nur ohne Behaarung. Sogar seine Armbanduhr hatte sie angelegt. Was für eine große Mimin! So groß, dass sie mich in ihrer Duplizität geradezu anwiderte. »Whow!«, sagte Cromwell. »Dir will ich ja nicht im Dunkeln begegnen!«

»Schnauze, du Arsch!«

»Ihre Stimme hat aber kaum Ähnlichkeit mit dem Dicken«, nörgelte Mendelssohn.

»Papperlapapp, das hörst nur du, mit deinem feinen Supergehör.«

»Außerdem soll sie keinen Contest gewinnen, sondern nur fett und besoffen sein.«

»Ein herrliches Leben! ›Was willst du mal werden, wenn du groß bist?‹ ›Ich will fett und besoffen sein, Paps!‹«

Cromwell bedachte mich mit einem Blick.

»Das Taxi ist in zehn Minuten da«, bestellte Katharina. »Hast du die Tasche mit deinen Klamotten? Gut. Die Schlüssel? Gut. Ab vier Uhr fünfundvierzig stehen wir in Altona. Aber lass dir ruhig Zeit. Mach keine Fehler. Toi, toi, toi!«

»Du schaffst es! Wir glauben an dich!«

»Vergiss nicht, dich abzuschminken!«

Und meine dicke Marvie watschelte zur Tür, Laura und Katharina hakten sie unter. Draußen stoppte ein Auto. Durch das Küchenfenster sahen wir, wie die Mädchen den schwarzen Mops ins Taxi setzten und mit dem Fahrer verhandelten. Dann brauste das Auto davon.

Kapitel 15

schleppt sich durch einen bleichen Sonntagmorgen
auf der Reeperbahn.

Auf der Reeperbahn, morgens um 1/2 7

Um unsere eventuellen Ermittler endgültig zu verwirren, fuhren wir in Cromwells Auto zum Bahnhof Altona. Pünktlich um vier Uhr fünfundvierzig standen wir in der breiten Parkbucht. Bis auf zwei, drei späte Vögel war nichts los. Das Morgengrauen war in vollem Gange. Es ist dies eine Stunde, die mich – in egal welchem Zustand ich mich auch befinden mag, ob traurig, durchgedreht oder zufrieden – immer mit der Kraft ihres mehrdeutigen Lichtes in wehmütige Verzweiflung fallen lässt. Diese ungesunde Mischung aus anbrechendem Tag und unrettbar sterbender Nacht, diese dumpfe Regelmäßigkeit der Zeit, dieses erbarmungslose Durchsetzungsvermögen von frühmorgendlich-grauem Schummer gegen die tröstliche nächtliche Schwärze, kurz: Ich verabschiede mich nur ungern von der tiefdunklen Lebenspause, und die Begrüßung eines erneut Energie verschlingenden, dreisten Tages fällt mir schwer; der neue Tag fuchtelt mit fremder Aufbruchstimmung vor meiner Nase herum, während ich nichts anderes will, als zurück unter die Plane der ruhigen Finsternis.

»Ich wünschte, ich wäre nie geboren.« Cromwell bedachte mich durch den Rückspiegel mit einem Blick. Er fühlt sich in der Morgendämmerung ähnlich verloren. Und als wäre das morgendliche Leben nicht schon schlimm genug, war das auch noch ein verfluchter bleierner Sonntag, der da seine kommende Ödnis an die große Glocke hängte.

Katharina auf dem Beifahrersitz sah angestrengt nach draußen, durch den Seitenspiegel beobachtete sie das Wegstück hinter uns, auf dem jeden Moment Marvie auftauchen musste. Der notorische Frühaufsteher Mendelssohn saß wach und hell zwischen mir und Laura auf der Rückbank und bekam sogar schon wieder Appetit: »Gibt es hier eigentlich noch diesen Dönerladen?«

»Das darf ja wohl nicht wahr sein!«

»Wie schaffst du es, bei dieser Dauerfresserei so dürr zu bleiben?

»Hab du mal meinen Grundumsatz!«

»Klaro, bei Mendelssohn gehen allein fürs Gehör tausende Joule durch den Schornstein.«

Quälend zogen sich die Minuten. Der verdammte Sonntag rüstete schonungslos auf und kleisterte Rouge auf seine graue Fratze.

»Wo bleibt sie nur! Sie müsste doch mal langsam …«

»Was ist, wenn ein Taxifahrer einen Unfall baut? Werden dann auch die Personalien vom Fahrgast aufgenommen?«

»Sicher. Man könnte ihn ja noch als Zeugen brauchen!«

»Dann fliegt sie auf.«

»Und wenn es ein schwerer Unfall ist!? Stell dir vor, da wird so ein schwarzes Pfund in die Notaufnahme geliefert, und dann ist es ein Mädchen in zehn Ski-Unterhosen!«

»Und dazu die Vermisstenmeldung: Dicker schwarzer Mann mit doofer Weste – eventuell Opfer einer Gewalttat – das muss doch stutzig machen!«

»Da zählt doch jeder eins und eins zusammen!«

»Hat sie ihr Handy dabei?«

»Ruf sie jetzt bloß nicht an! Vielleicht kann sie gerade nicht frei sprechen!«

»Ja, warte, bis sie *uns* anruft!«

Eine Minute, noch eine Minute. Viele Minuten. Wir schmorten in Cromwells Wagen wie eine speckige Gans im Bräter. Um Viertel nach fünf spürte ich kein Neuron mehr im Körper. Die Überspannung legte mein Denken lahm. Das also meinen Hirnphysiologen damit, dass Stress dumm macht. Was nun? Keine Ahnung. Ich meinte sogar, die Nerven der anderen surren zu hören. Als stünde man neben einem Trafo.

Um fünf Uhr dreißig klingelte Katharinas Handy.

»Ja?? Ja??? WAAAS?? WIE BITTE?? Ja. Bis gleich.«

Katharina warf ihr Handy auf Cromwells Konsole und stieß einen sehr hohen Schrei aus.

»Was ist! Was ist passiert!!«

»Oh, diese dumme, dumme Nuss! Man glaubt es nicht! Ich könnte sie schlagen! Sie sagt, sie hätte improvisiert! Sie sitzt in einem Taxi und ist gleich hier!! Was zum Teufel hat sie jetzt in einem Taxi zu suchen? Der Dicke wohnt doch um die Ecke!«

Um fünf Uhr fünfunddreißig löste sich Marvie aus dem Labyrinth des Altonaer Bus- und Gleis- und Taxi-Gewirres. Sie trug Jeans, ein Sweatshirt, und ihre Haare hatte sie unter eine Baseball-Kappe gezwängt. Sie eilte auf unser Auto zu, öffnete die Vordertür und setzte sich auf Katharina.

»So, wir können!«, hechelte sie.

Wir schrien durcheinander, gaben ihr Schimpfnamen, und dann erzählte sie:

»Das ging alles sehr, sehr gut! Ich habe keinen Ton gesagt und muss gut besoffen gewirkt haben, weil der Taxifahrer mir noch raushelfen wollte. Ich hab nur gelallt: ›Dange, geht schon, kannichauchalleine…‹«

Es klang perfekt.

»Dann bin ich in die Wohnung. Im Treppenhaus habe ich ordentlich getrampelt und mit dem Schlüssel viermal neben das Schloss gestochen. In der Wohnung war es vielleicht unheimlich, das muss ich sagen! Das Bett musste ich gar nicht zerwühlen, das war es schon. Und es stank vielleicht! Es stank eindeutig – fies. Wie in dem Ziegenstall im Kuschelzoo. Und nach umgekipptem Rotwein. In der Küche war eine Rotweinpfütze. Wenn die Spurensicherung da reingeht – die werden ihre Freude haben. Macht so eine Spurensicherung eigentlich auch sauber? Nein, doch wohl nicht. Die Armen. Dann lag noch eine von meinen CDs auf dem Küchentisch. Ich habe überlegt: Lass ich sie verschwinden? Oder lege ich damit erst recht eine Spur? Wenn sich Ellen daran erinnert, dass sie plötzlich fehlt? Also habe ich sie liegen gelassen. Und dann bin ich auf das Ding mit der Improvisation gekommen!«

Marvie setzte sich auf Katharina zurecht und wirkte selbstzufrieden. »Fahr los, fahr los!« Cromwell schlug den Weg Richtung Reeperbahn ein. Die berühmte Tanke am Kiez hält zu jeder unchristlichen Zeit eine Flasche parat. Marvie erzählte stolz weiter: »Der andere Schlüssel an seinem Schlüsselbund – der mit dem Gummibärchen –, den habe ich erst im Taxi erkannt. Irgendwo hatte ich den vorher schon mal gesehen. Und dann fiel es mir ein: Der gehört Ellen! Er hatte also schon die Schlüssel von der Schlampe! Mit ihrem Anhänger! Das ging ja ziemlich schnell mit der großen Liebe! Haha!«

»Um Gottes Willen … was hast du …«

»Ich hab die Spuren jetzt erst richtig durcheinandergebracht! Ich hab von seinem Telefon aus wieder ein Taxi gerufen. Natürlich hatte ich dabei die Handschuhe an! Ich bin ja nicht blöde! Das Taxi kommt, ich fahre zu Ellens Adresse. Bei der Reeperbahn. Wir hatten mal ein Treffen bei ihr. Die Gegend wird ja auch immer mehr Schicki.«

»Und du immer noch als Dicker verkleidet?«

»Logisch! Ich mach wieder schön einen auf Voll, mit Rülpsen und so. Bei Ellen steige ich aus, und einer der Schlüssel passt tatsächlich. Ich gehe runter in den Keller und gucke nach einem Platz, wo ich mich umziehen kann. Dann höre ich eine Wohnungstür zuschlagen und es trampelt jemand die Treppen runter. Von ganz oben, Etage um Etage. Ich dachte schon, dass der gleich vor mir steht. Wie erkläre ich, dass ich halbnackig vor der Kellertür stehe? Und der Trampler kommt näher und näher, und kurz vor mir stoppt er ab und geht zum Glück durch die Haustür. Das war Adrenalin pur. Ich ziehe meine Klamotten an und stecke die anderen Sachen in die Tüte. Und dann fällt mir noch das absolute Zuckerstückchen ein! DARAN werden die alle noch zu knabbern haben! Ich gehe zu Ellens Wohnung, und dann …« Marvie begann zu kichern und zu keckern, als würde sie ihren Verstand verlieren, »… und dann nehme ich seine Armbanduhr ab und – ist das gut! Ist DAS gut! Also ich nehme die Uhr ab und hänge sie – der bescheuerten Ziege draußen an die Tür! Na? Ist das gut?«

Mir fiel kein Grund dafür ein, warum des Dicken Uhr an der Ellentür ein besonders guter Schachzug gewesen sein sollte. Auch bei den anderen herrschte fieberhaftes Nachdenken. »Und dann bin ich wieder raus, und vorne an der Reeperbahn habe ich ein Taxi hierher genommen. Und jetzt ratet mal, wer da in dem Taxi sitzt? Na? Der gleiche Taxifahrer von vorhin! Der bei uns zu Hause war! Erst habe ich mich erschrocken. Aber dann habe ich mich völlig frech vorne neben ihn gesetzt. Er hat mich nicht wiedererkannt! Ich hab sogar Smalltalk mit ihm gemacht:

Wie denn so die Nachtschicht war etc. Und er sagte: ›Wie gewöhnlich.‹ Und ich: ›Viele Besoffene?‹ Er: ›Es ging. Die waren bis jetzt alle ruhig.‹ So, das war's. Ist das nicht völlig abgedreht?«

Wir wussten es nicht. Vielleicht war es um genau eine Umdrehung zu viel abgedreht. Katharina war immer noch in Rage: »Das war total unverantwortlich von dir! Du hättest alles zum Platzen bringen können! Stell dir vor, Ellen wäre gerade nach Hause gekommen, als du da warst! Wie hättest du ihr das erklärt? Dass du als Dicker verkleidet durch die Gegend ziehst?«

»Und wenn dich der Taxifahrer trotzdem wiedererkannt hätte? Hä? Was für ein Leichtsinn!«

»Und wo hast du die Tüte mit seinen Sachen?«

»Die hab ich an der Reeperbahn in 'nen Abfalleimer gesteckt.«

Allgemeines Aufstöhnen. »Was habt ihr denn? Die ist schon dreimal geleert, bevor er überhaupt vermisst wird!«

»Marvie! Du bist – mein Sargnagel.«

»Du dummes, dummes Huhn! Vielleicht war das unser Todesstoß!«

Cromwell fragte vorsichtig: »Soll ich jetzt noch die Reeperbahn-Tanke nehmen? Jemand könnte Marvie wiedererkennen. Sie kann doch nicht den ganzen Morgen in anderer Konstellation den Kiez auf und ab laufen!«

»Das ist jetzt auch egal!«, beschied Katharina. »Fahr einfach ran, ihr da hinten kauft die Flaschen und dann zurück.«

»Gehe ich mit rein?«, fragte Mendelssohn. »An einen

mit Blindenstock erinnern sich die Leute immer wieder gerne.«

»Ja, ihr geht zu dritt. Marvie bleibt vorsichtshalber hier.«

Das Morgenlicht hatte inzwischen die Nacht völlig überrumpelt. Der tote Sonntag platzte in die Welt. Ich hatte die Assoziation von durchbrechendem Blinddarm. Auf dem Kiez war noch jede Menge los. Was noch irgend laufen konnte, lief. Manche zügig, manche irrend. Die einen noch erstaunlich frisch, die anderen verwelkt. Einige unermüdlich laut, andere im Verfall. Trostlos abgehalftert und tröstlich lebendig. Auf durchgefeierte Weise friedlich. Wir Rückbänkler kletterten aus dem Auto, das Cromwell abseits der Zapfsäulen parkte. Die Security-Männer hatten nichts zu tun. Der Betrieb war für einen Sonntagmorgen in gutem Fluss. Junge Menschen kauften Astra-Kisten, ein tüdeliges Alterchen eine Zeitung und ein Brötchen. Vor uns ein Pulk quiekender Blondinen. Ich schätzte sie auf hochgeschminkte Zwölfjährige. Der freundliche Tankenmann wohl ebenfalls; er verlangte nach Ausweisen. Die blonden Kinder schoben eines aus ihrer Mitte nach vorne, auf dessen Papiere sie drei Dosen Prosecco in ihre Gewalt brachten. Ich überlegte, nach welchem Modus sich wohl die drei Dosen mit ihren schätzungsweise insgesamt 0,5 Promille auf die ganze Vorschulklasse verteilen ließe. Und ob ich auf meine letzten Tage nicht vielleicht auch einfach so eine Goldgrube eröffnen sollte. Ich würde nur verkaufen, was ich in meinen Containern fand. Abgelaufene Ware zu Schnäppchenpreisen. Der Laden hieße »Over the top«. Und ich würde mir von jedem Kunden, egal wie alt, den Ausweis zeigen lassen. Menschen mit sympathischem Vornamen zahlten die Hälfte.

Laura kaufte umständlich zwei Flaschen Wodka und dann noch ein Mars für Mendelssohn.

Die Rückfahrt dauerte ewig, mein Doping verließ mich, ich wurde müde.

»Ich hab's doch geahnt!«

Cromwell fuhr an die Seite. Eine Polizeikontrolle. Der Polizist lugte in unser überfülltes Auto und ließ sich Cromwells Papiere geben.

»Haben Sie etwas getrunken?«

»Nein. Gar nichts Alkoholisches.«

»Wo wollen Sie hin?«

»Nur nach Harvestehude.«

»Sie wissen schon …?«

Marvie lehnte sich über Cromwell zum Fenster: »Es ist doch nur ein Katzensprung! Bitte, bitte! Ich halt' mich auch richtig doll an meiner Schwester fest! Da kann nichts passieren!«

Ich wette, sie riss dabei arg liebreich ihre Äugelein auf. Ferner wette ich, dass der Herr Polizist dank ihrer halb aufgestützten Schräglage dem lapprigen Sweatshirt auch etwas nackten Oberkörper entnehmen konnte. Was mich seltsamerweise nicht beunruhigte. Auch meine Libido schien müde. Überhaupt hatte ich schon lange keinen Reibungsbedarf mehr verspürt.

»Okay, dann fahrt man weiter.« Der nette Bulle winkte uns vorbei.

Kapitel 16

versackt in einer ebenso konspirativen
wie kollektiven Erschöpfung.

Wir hingen in der lövenichschen Küche über den Stühlen wie ausgewrungene Wäsche. Paps hatte Alexa nach Hause verklappt und telefonierte von dort mit Katharina. Ja, es sei alles glatt gegangen, er müsse sich keine Gedanken mehr machen. Der eine Teil sei erledigt, der andere käme morgen dran. Und ob man sich noch mal sehe, bevor er zurück müsse? Okay, mal sehen, erst mal Luft holen.

»Ich muss zu Bett«, sagte Mendelssohn.

»Wie geht's jetzt weiter?«

»Morgen fahren wir zum Baumarkt, dann mauern wir ihn ein. Und dann heißt es abwarten.«

Laura überlegte: »Da fällt mir ein: Wäre es nicht ganz auf Nummer sicher, wenn wir ihn nicht bei uns, sondern … vielleicht … zum Beispiel bei Mendelssohn im Keller?«

Mendelssohn bäumte sich müde auf: »Nur über meine Leiche! Ich würde ja kein Auge mehr zukriegen! Und wahrscheinlich spukt der ja auch! Damit ist bei einem wie ihm zu rechnen!«

»War ja nur eine Überlegung …«

Wir verabschiedeten uns schlaff. Und obwohl mich meine Marvie umarmte, blieben Körper und Geist auf arge Distanz.

Kapitel 17

atmet einen Hauch von Après-Ski,
Fin de siècle und Aus-die-Maus.

Cromwell und ich telefonierten noch, dann durchschliefen wir den Sonntag. Gegen Abend schaltete ich den Fernseher an. Nicht eine Nachrichtensendung erwähnte den Wurstmann. Ich schaute einen Krimi und lächelte herablassend über den dilettantischen Mörder. Hoffte aber auch, dass nicht aus Versehen Axel Prahl mit unserem Fall beauftragt würde. Auch Jan Josef Liefers könnte uns eventuell auf die Schliche kommen. Und überhaupt: Wenn man die ganze Stadt zum Gentest bat und überall Fotos von Marvie plakatierte? Ich nahm eine Tablette und fiel in meine schweißtreibende Nachtruhe.

Kapitel 18

folgt dem abtauchenden Schlomo
bis in eine Mülltonne hinein.

Den Montag lotste ich von meinem Bett aus an mir vorbei. Ich telefonierte herum, und Katharina erzählte mir betont harmlos, dass man »heute morgen einkaufen« gewesen sei und inzwischen »das Päckchen zur Post gebracht« habe. Und es könne sich nur noch um ein paar Stunden handeln, dann sei »alles in trockenen, äh, ausgetrockneten Tüchern«. Ich fragte nach, ob man vielleicht etwas von Ellen gehört habe? Katharina sagte spitz, dass sie niemanden diesen Namens kenne, und ich meine wohl Elisabeth? Ja, Tante Elisabeth sei wohlauf und außerdem habe man schon seit Ewigkeiten nichts mehr von ihr gehört. Cromwell kam, um sich zu verabschieden. Er musste wieder an seine Schule. Missmutig drückte er sich noch bis abends in meiner Wohnung herum und fuhr dann weg, die Laune auf Halbmast. Ich hatte das Gefühl, dass eine rauschende Feier zu Ende gegangen war und sich die gesamte Welt jetzt schnöde jammernd in einem Kater wälzte. Mendelssohn erzählte am Telefon, dass Marvie nach mir gefragt hätte. Ob ich eventuell sauer sei, wegen der Leiche. Und ob man mich telefonisch erreichen könne. Ich horchte in mich hinein und stellte erstaunt fest, dass sich auch bei angestrengt bebilderten Erinnerungen an Marvie nichts in meinen Kutteln rührte. Offenbar hatten mich die heiklen Vorgänge rund um die Lövenichs sehr erschöpft.

Noch nicht einmal ein Inspektionsgang durch mein Revier heiterte mich auf.

Zumal mich gleich drei rauchende Azubis dabei ertappten, wie sich ein aus allen Ecken suppender Sahnehering auf mein Hemd übergab.

Kapitel 19

enthält ein hochnotpeinliches Verhör und ein Bad
im erotischen Abklingbecken.

Das Verhör

Ab Mittwoch kam endlich Schwung in unsere Causa. Marvie versuchte alle fünf Minuten, mich telefonisch auf dem Laufenden zu halten sowie ein Treffen auszumachen. Meinen Hinweis darauf, dass wir erst mal den großen Wurstzirkus abwarten müssten, bevor wir uns in aller Unschuld wieder treffen könnten, akzeptierte sie murrend. Und erzählte mir von den neuesten Entwicklungen: Zunächst wurde Marvie von Ellen befragt, ob sie etwa wieder mit dem Dicken zusammen sei. Marvie verneinte. Seit dem Quickie auf der Feier habe sie ihn nicht mehr gesehen, und eigentlich sei ihr das ganz recht, denn sie hätte sich anderweitig verliebt. Außerdem wisse sie aus erster Hand, dass der Dicke nicht vorgehabt habe, Ellen aufzugeben. Nur weil er mal hie und da herumvögele, sei das doch noch lange kein Grund für eine Trennung. Gerührt von so viel Zuneigung und Treuebeweisen bemühte sich Ellen erneut um Kontakt zu dem Geliebten, der so wundersam seine Uhr an ihre Tür geheftet hatte. Doch er selbst blieb verschollen. Als er noch nicht einmal zu der von ihm so ersehnten Verleihung des Dramatikerpreises erschien, wurde eine Vermisstenanzeige gemacht. Auch erschien eine erste kleine Erwähnung in einer Regionalzeitung.

Das Wetter war durchgedreht und produzierte einen heißen Sommertag nach dem nächsten. Ich besuchte Mendelssohn und brachte ihm einige wohlverschweißte Bagel aus meinem Container-Revier mit. Wir aßen im Garten unter einem Schirm, die Mauer zu den Lövenichs im Rücken. Hinter der Mauer herrschte belebtes Schweigen.

Die Anwesenheit von Menschen war durch die Wand zu spüren, nahezu plastisch-körperlich. Aber diese Anwesenheit war so tonlos, dass sie nur noch als negative Vibration in unseren Garten zitterte. Es war, als würden hinter diesen Steinen mehrere Menschen auf der Lauer liegen. Worauf warteten sie wohl? Darauf, dass einer von uns etwas sagte? Und zwar etwas Falsches? So verklemmt, wie Mendelssohn und ich dem unsympathischen Schweigen lauschten, fühlte ich mich an die Berichte von Konferenzen unter Stalin erinnert: Lieber erst mal nichts sagen und abwarten, bis die nächste Losung ausgegeben ist. Doch die Nachbarn erlösten uns nicht mit einer Losung, einer Parole oder einem Motto. Also saßen wir stumm unter dieser lövenichschen Glocke des Schweigens. Nach zäher Zeit erklang der lövenichsche Hausgong. Jemand bewegte sich ins Haus und kam mit Verstärkung wieder zurück. Die Verstärkung waren zwei Stimmen, ein langsamer, angenehmer Bariton und ein schneller, scharfer Tenor. Die beiden stellten sich vor, und als das Wort »Kriminalpolizei« fiel, riss es Mendelssohn und mich fast vom Stuhl. Stille heischend hielt Mendelssohn völlig überflüssigerweise den Zeigefinger an die gespitzten Lippen, als wäre von mir ein störender Sprechanfall zu befürchten. Der nette Bariton erklärte, dass der Wurstmann seit der lövenichschen Feier schmerzhaft vermisst würde und ob man vielleicht etwas wüsste.

Je nun. Katharina und Laura schilderten süß und weich, dass der nette Exfreund ihrer kleinen Schwester natürlich auch an der Party teilgenommen habe, und in den Morgenstunden hätte man ihn mitsamt seinem Promillegehalt in ein Taxi gesetzt und zu seiner Heimatadresse chauffieren lassen. Er sei nämlich ziemlich hinüber gewesen, aber das sei nichts Neues, business as usual.

Welche Taxinummer man denn gerufen habe, wollte der scharfe Tenor wissen. Und ob noch andere den Dicken hätten gehen sehen?

Jawohl, zu den allerletzten Gästen habe auch der Nachbar gehört. Und ich sah lebhaft vor mir, wie alle Lövenichs in Richtung der mendelssohnschen Mauer wiesen. Mendelssohn selbst griff sich an die Kehle und lief puterrot an. In verzweifeltem Fluchtreflex rotierten seine Lauscher.

In seiner Fahrigkeit erinnerte er mich irgendwie an ein flirrendes Moskito. Auch mir brach der Schweiß aus und mein Gesicht simulierte einen Sonnenbrand.

Damit nicht genug: Die Lövenichs erzählten nun auch in harmloser Art von unserer gemeinsamen Autofahrt. Uns sei der »Stoff ausgegangen« – nachdem der nunmehr gesuchte Verschollene im Zuge des bei ihm üblichen Alkoholismus' alles ausgetrunken habe –, und da sei man mit Hilfe des einzig noch nüchtern verfügbaren Autofahrers (einem engen Freund der besagten Nachbarn) an die Tanke auf dem Kiez gebrummt und habe ein wenig Material nachgekauft. Sogar ein – im Übrigen sehr netter! – Streifenkollege der Herren hätte uns alle abgepasst, die deutliche Überladung des Wagens wohl konstatiert, uns aber wegen des friedlich-nüchternen Erscheinungsbildes der Wagenladung weiterfahren lassen … Und ob sie denn meinten, dem lieben Verschollenen könne etwas zugestoßen sein? Was ein ziemlich dicker Hund sein würde, denn der von allen so schmerzlich Vermisste sei zwar ein wahrer Hallodri mit einem schwersten Alkoholproblem, hätte doch aber erwiesenermaßen immer wieder letztlich intakt nach Hause gefunden. Zumal man ihn ja selbst ins Taxi gesetzt und selbiges auch bezahlt habe. Und ob er vielleicht nicht eher in einer seiner üblichen amourösen Verstrickungen eventuell mit einem seiner zahlreichen Groupies in ein Seebad oder so gefahren sei, um dort in absolut undramatischer Kontaktsperre seinen gut entwickelten Frühlingstrieben zu frönen? Er verfüge ja durchaus über einen gewissen

Ruf. Nämlich sowohl seinem Durst wie auch seiner Libido gerne Folge zu leisten …

Die Stimmen der Kriminaler verabschiedeten sich höflich. Schweigen hüben und drüben der Mauer. Dann Klingeln an Mendelssohns Tür. »Ich mache auf!«, flüsterte ich und legte meine schweißnasse Hand begütigend auf Mendelssohns zitternden Arm. »Lass uns in die Küche gehen! Wir haben die ganze Zeit in der Küche gesessen und wissen von nichts! Von gar nichts!«, zischte Mendelssohn. Wir stolperten mit weichen Beinen ins Haus, ich schleuderte Mendelssohn auf einen Küchenstuhl, schlug mir wie ein Gorilla mit der Faust vor die Brust, fühlte dadurch mein Selbstbewusstsein erstarken und ging zur Haustür.

Wie harmlos die Staatsmacht aussah. So nett, so dick und so dünn. Wie aus einem Buch von Astrid Lindgren. Sie würden sicher nicht schlecht staunen, wenn ich jetzt fragte: »Was kann ich für Sie tun, Plum und Donnerkarlsson?« Komischerweise hatten die beiden ihre Stimmen vertauscht – aus dem dünnen Mann kam der Bariton, und aus dem gemütlich-dicken Gehäuse des anderen unpassend hoch der Tenor. Der uralte Schmähspruch aus Chorzeiten »Dumm, dümmer, Tenor« traf bestimmt nicht auf diesen Tenor hier zu. Dieser Tenor hatte statt einer Nase den spitzen Rüssel eines Blutsaugers, und seine stechenden weißblauen Augen scannten mich in Sekundenschnelle vom hochroten Kopf bis zu den unruhigen Füßen. Hilflos hielt ich mich an den dünnen Bariton, der mich vertrauenerweckend an einen »Fieseler Storch« gemahnte. Ich führte den Tenor und den Storch in die Küche, wo Mendelssohn am Küchentisch versuchte, seine stressrotgepunktete Rübe mit einem gelangweilten Ausdruck zu tarnen. Ich lehnte mich an den Küchenschrank und wirkte wohl so lässig wie ein Priesteramtsanwärter auf seiner ersten Bubenfreizeit. Der Tenor und der Storch sahen uns interessiert an. Ich fühlte meine Knie nachgeben und wusste, dass die beiden längst Bescheid wussten. Hier half nur noch: geständig sein und Reue zeigen. Und die Lövenichs reinreißen und ausliefern. Was hatte ich schließlich mit dieser Familie zu schaffen, dieser mordlüsternen? Mendelssohn hatte sicher gute Karten; einem Blinden traut doch niemand etwas Böses zu! Einem Blinden hilft man über die Straße! Aber man verhört ihn nicht! Leute wie m i c h verhört man! Der Storch erklärte kurz ihr Anliegen, während der Tenor weiterhin mit seinem durchdringenden Blick mein Wesen abtastete. Er war garantiert die beste Verhörmaschine seiner Abteilung. Und ich war überzeugt, dass er mit seinem magnetresonanztomographischen Blick inzwischen nicht nur meine Vorgeschichte erblickte, sondern auch die eine oder andere metabolische Unregelmäßigkeit diagnostizierte. Wie zum Beispiel erhöhte Blutfettwerte oder leichte Diabetes. Eventuell wusste er sogar als Erster und Einziger Bescheid über Sinn und Ursache meiner nächtlichen Dampfbäder und kannte auch schon den Zeitpunkt meines Ablebens: »Eintritt des Todes: Voraussichtlich 25.5.2012.« Mendelssohn bot mit bebender Stimme Getränke an. Tenor und Storch lehnten ab, blieben in der Tür stehen, und ich fragte mich, ob sie wohl bewaffnet waren. Der Blick des Tenors jedenfalls war entsichert.

Ja, den Wurstmann hatten wir gesehen. Irgendwann in den Morgenstunden muss er so knülle gewesen sein, dass die Mädchen ihm ein Taxi gerufen haben. Dorthinein hätten sie ihn gesetzt, und weg wäre er gewesen.

Ob man denn nach dem Abschied des Wurstmannes noch gemeinsam etwas unternommen hätte?

Jawohl, das habe man. Nachdem sich herausgestellt habe, dass der selige Verschwundene alles, aber auch alles ausgetrunken hätte, sei man gemeinsam zu einer Tankstelle karriolt, um noch etwas Hochprozentiges zu kaufen. Man sei sogar angehalten worden, von einem im Übrigen sehr netten Polizisten. Der habe einen weiterfahren lassen, da offenbar nichts zu beanstanden gewesen sei. Das wäre alles, mehr habe man nicht zu sagen.

Und ob die Herren vielleicht einen Zettel ausstellen könnten, der uns offiziell gestatte, als Privatdetektive zu arbeiten? Ob man uns sozusagen eine kriminalistische Arbeitserlaubnis erteilen könne? Einen *permis de recherche*? Im Gegenzug wäre man eventuell in der Lage, etwas Licht in den *casus wurstmanni* zu bringen … Die Idee, unsere Nachbarn für eine Ermittlerlizenz ans Messer zu liefern, leuchtete mir überraschend derart ein, dass ich die Hand auf den Mund legen musste, um nicht sofort in die verräterischen Vollen zu gehen. Tenor und Storch musterten mich verschärft ob dieser schnellen Geste. »Ja?«, fragte Storch liebreich. »Ist Ihnen noch etwas eingefallen?«

»Sehe ich so aus?«, dachte ich und sagte: »Neinnein, mir

ist nur etwas … übel … die Bagel von vorhin … sie waren eventuell nicht mehr frisch …«

»Was?!!«, entfuhr es Mendelssohn. »Sag bloß, du hast die Bagel aus der Tonne gezogen!« Die Kriminaler sahen gespannt zwischen dem empörten Mendelssohn und mir hin und her. Ich spürte mich noch heftiger erröten; mein Kopf musste inzwischen einer Lavalampe ähneln und ich stieß aus: »Aber nein, aber nein! Nie würde ich, wie käme ich dazu, ich schwöre, es hat alles seine Richtigkeit!« Zweifelnd und prüfend griff sich Mendelssohn an den Magen und sagte: »Gnade dir Gott!« Aus den Blicken von Storch und Tenor wich nun das professionelle Interesse und machte einer etwas angewiderten privaten Neugier Platz. Wofür sie uns wohl hielten, mochte ich mir nicht ausmalen. Sie verabschiedeten sich höflich, ich brachte sie mit flackernder Lavalampe zur Tür und lauschte der Abfahrt ihres Wagens. »Schlomo!«, kreischte es aus der Küche. »Sag mir die Wahrheit!«

Kapitel 20

eröffnet bittere Wahrheiten über Marvie und
endet in einer ethisch
korrekten Grundsatzerklärung.

Allmählich wurde mir klar, dass hier über kurz oder lang noch ein paar andere Wahrheiten fällig waren. Zum Beispiel, was mein Verhältnis zu Marvie betraf. Also hörte ich noch einmal in aller Ruhe in mich hinein, ohne auch nur einem Wenn oder Aber Luft zu lassen. Ich machte eine Inventur, zu der nur ein ebenso schicksals- und entscheidungserprobter Lebemann wie ich oder meinetwegen noch Martin Walser fähig ist; ich gründelte also in meinen erotisch-sexuellen Gefühlen wie ein fetter Erpel in seinem See, und während ich noch kopfunter in meinem emotionalen Schlamm steckte, musste ich feststellen, dass sich in meinem – dem hellen Tageslicht entgegenragenden – Bürzel aber auch nicht EIN Gefühl für Marvie befand. Erst traute ich mir selbst nicht, aber es war und blieb so: Marvie war für mich gestorben. Sie war mir abhanden gekommen, meine ehemals Süße. Passé und perdue. Und ich konnte noch nicht einmal sagen, warum! War es wegen ihrer Leiche im Keller? Das konnte nicht sein, denn der Wurstmann vermochte noch nicht mal mit seinem würdelosen Ende als Sanitärsockel einen Funken Mitleid in mir auszulösen. Vielleicht war es die Kaltschnäuzigkeit, mit der meine Marvie mal eben die Existenz eines Menschen hinwegwischte? Immerhin handelte es sich – in diesem Punkt hatte Mendelssohn recht – selbst bei einem derart lausigen Menschen wie der Wurst um einen Menschen. Und wir alle tun im Sinne von Zivilisation und Humanismus gut daran, diese letzte Barriere unserer kollektiven Beißfreude zu respektieren. Ja, es kann eigentlich nicht oft genug gesagt werden: Egal, wie sehr uns unsere Mitmenschen auch auf die Nüsse gehen, egal, wie dreist, unhöflich, inkompetent und ekelerregend sie auch sein mögen – niemand hat das Recht, einem anderen Menschen das Lichtlein auszublasen. Die Unversehrtheit des Individuums sollte uns allen als quasi reflektorisches Gesetz in Fleisch und Blut übergegangen sein, egal wie unwillig auch das Fleisch und wie blutrünstig auch die Gedanken …

Kapitel 21

enthält einige Tipps des großen
Beziehungsvermeiders Cromwell zur hohen Kunst
der Beziehungsvermeidung.

Wie schon an anderem Orte erwähnt, mag ich den frühen Tag nicht, der gerade krächzend erwacht. Ich mag ihn lieber, wenn er schon etwas älter ist. Ich mag den Tag also quasi erst, wenn er bereits gestillt und gewindelt ist. Beziehungsweise wenn er sich demnächst wieder zur Ruhe begibt.

»Guten Abend, mein lieber Cromo.«

»Guten Abend, mein lieber Schlomo. Was führt deine müßigen Hände ans Telefon? Ist was passiert? Jemand gestorben?«

»Wie passend! Haha! A propos: Wird dein Telefon abgehört?«

»Ich denke nicht. Jedenfalls nicht mehr, seit ich konvertiert bin.«

»Du bist konvertiert? Von wohin nach wohin, wenn man fragen darf?«

»Na, vom Islamismus weg. Zu … äh … Werder Bremen.«

»Ist die Neue also aus Bremen?«

»Papperlapapp. Ich bin so solo wie frisch gefallener Schnee! Und selbst?«

»Deswegen rufe ich ja an. Du musst mir helfen.«

»Okay: Versuch's mal mit Pralinen. Oder einem Diamantring. Am besten mit einem aus Blutdiamanten. Frauen stehen auf Blutdiamanten. Oder auf abgeknallte Tiere am Hals. Sagt jedenfalls das Fernsehen.«

»Nee, nee! Ich will doch das Gegenteil! Ich will wieder raus aus der Nummer!«

»Ach! Was sagt man denn dazu! Endlich klug geworden?«

»Hilf mir!«

»Dafür brauche ich aber vorher ein paar präzise Informationen über den derzeitigen Stand der Dinge.«

»Du willst doch nur intime Details, du Drecksack, du voyeuristischer!«

»Mein Lieber: Das nennt man eine ANAMNESE! Jeder verantwortliche Wissenschaftler arbeitet nicht ohne ein ausführliches Abklärungsgespräch!«

»Saubeutel, gieriger!«

»Bedenke: DU hast MICH angerufen! Also runter mit den Hosen!«

Ich schilderte meinem Freund und Experten also sachlich meine Wonnen des leichten Verliebtseins, das überglückliche inwendige Trullalla bei offensichtlicher Erwiderung meiner Gefühle sowie das rasante Absterben derselben. Und spätestens seit ich sie, mein vorheriges Honignäpfchen, meinen einstigen Feger, in ihrer Rolle als »Wurst auf dem Heimwege« gesehen hätte, sei es mir derart auf die Triebe geschlagen, dass ich befürchtete, noch nicht mal während einer Gegenüberstellung mit einer egal wie lasziv, aufreizend oder nackig daherkommenden Marvie einen hoch zu kriegen.

»Ist es nur dieses Bild der Verkleideten, das dich stört? Oder stört dich noch etwas anderes? Kennst du dieses Störbild vielleicht aus anderen Zusammenhängen?« Man merkte Cromwell doch immer wieder die harte therapeutische Schule der Geschlossenen an. Ich überlegte etwa zehn Minuten, dann konnte ich mit Bestimmtheit sagen: »Es ist nicht nur dieses Wurstbild. Es ist – fürchte ich – die gesamte Person Marvie, die mir nichts mehr zu sagen hat. Aber wie werde ich sie jetzt wieder los? Wir haben uns nicht mehr getroffen, weil wir das wegen der Wurstgeschichte so vereinbart hatten. Aber je mehr Zeit ins Land geht … kurz: Ich trau mich schon nicht mehr, das Telefon abzunehmen. Und zu Mendelssohn schleiche ich mich im Schutz der Dunkelheit! Wie ein verdammter Dieb in der Nacht! Mein Leben ist zur Zeit die Hölle! Und dann noch diese nächtlichen Schweißbäder! Und die politische Lage überhaupt. Das macht mich alles so fertig!«

Cromwell seufzte empathisch: »Ach ja, ich weiß, ich weiß.« Danach machte er mich mit den Rahmenrichtlinien für eine feige-verlogene Trennung vertraut.

Punkt eins: Marvie so lange auf Abstand halten, bis dass ihr Interesse von selbst erlöschen würde. Ich könnte zum Beispiel eine angeblich längere Reise ins angebliche Ausland antreten. Und zwar an einen bestimmten Flecken des Auslandes, der mit den modernen technologischen Greifarmen E-Mail oder Handy nicht zu erreichen sei. Vielleicht ein Job auf Montage als Liquidator? Er, Cromwell, habe es tatsächlich einmal geschafft, einer besonders zähen Freundin einen längeren Aufenthalt bei den Amish-People vorzugaukeln. In der Zwischenzeit hätte sich diese Freundin anderweitig verliebt und habe dann später – nach Cromwells angeblicher Rückkehr aus Amish-Land – sogar alle fälligen Trennungs-schulden (Selbstvorwürfe, schlechtes Gewissen, nächtliches Blabla) auf ihre Kappe genommen. Aber Cromwell müsse zugeben, dass diese Methode etwas aufwendig sei. Und wenig geeignet, wenn es darum ginge, sich einer direkten Nachbarin mit quasi täglichem Blickkontakt zu entledigen. Also Punkt zwei: Falls sich die Sache nicht über die Zeitschiene erledigen ließe – einen Streit provozieren. Unsympathisch werden. Sich beherzt ins Unrecht setzen. Zum Schwein mutieren. Fremdgehen. Beim Essen rülpsen. Sich nicht mehr waschen. Dies alles sei zwar sehr hart, aber oft zielführend. Und Cromwell hätte keinen Zweifel daran, dass ich mich zur Not überzeugend abstoßend geben könne.

»Nein«, sagte ich, »ich suche nach einer schnellen Methode. Von heute auf morgen. Ohne langwierige Verstellung.«

Okay, meinte Cromwell, dann würde es hart. Denn Punkt drei erfordere am meisten Mut: nämlich die Wahrheit zu sagen. Die Wahrheit, die reine Wahrheit und nichts als die Wahrheit! Wie immer diese Wahrheit auch aussähe! Zum Beispiel sei ja vielleicht eine seinerzeit verschmähte Liebe aus alten Zeiten wieder aufgetaucht, und dies hätte mich nun dermaßen zerrissen, dass ich nicht anders könne, als mit Marvie Schluss zu machen! Egal, wie sehr mich dies auch schmerze! Aber sonst könne ich ja nicht mehr in den Spiegel sehen! Und dass ich sie um Verständnis bitte!

Methode drei gefiel mir. Ich würde Marvie einfach die Wahrheit sagen. Zum Beispiel, dass ich nach Jahren der Qual endlich den Mut zum Coming-out gefunden hätte und den Rest meines schwulen Lebens mit mir und meinem Herrgott im Reinen verbringen wollte! Beziehungsweise mit Mendelssohn! Im Darkroom, haha! Oder: Dass man mir in einem hochgeheimen Afghanistaneinsatz die Eier abgeschossen hätte! Und nun wolle ich meinem Fräulein Braut nicht die Zukunft verderben und würde sie also freigeben für einen jungen gesunden und strammen Mann! Ohne Bundeswehrerfahrungen!

»Oder so ähnlich!«, lobte mich Cromwell. »Ich sehe, du bist auf dem rechten Weg! Und immer daran denken: Wechseljahre sind keine Herrenjahre. Und: Vor dem Vorspiel ist nach dem Vorspiel. Oder so ähnlich.«

Kapitel 22

behandelt die mähliche Rückkehr unserer Helden
in ein normales Leben plus die Frage,
wie jüdisch ein Firmenname klingen darf.

Lizzy, unser Vorzimmer

Solange die Nachforschungen im Wurstfall andauerten, schien die Zeit für mich zu spielen. Marvie und ich gingen uns offiziell aus dem Weg, ihre nächtlichen Telefonversuche (als würde das BKA nachts schlafen! Nein, dieses naive Herzchen!) wurden spärlicher. Die Ausschlachtung der Wurst in den Zeitungen dagegen wurde zeilenintensiver, und tatsächlich erlebte der blöde tote Hund eine obszöne Art der Renaissance. Jedenfalls waren seine Werke noch gefragter, seit er in der lövenichschen Waschküche ruhte.

Sowohl Germanisten wie auch Ellen und Marvie wurden interviewt, die Aussagen ähnelten einander: Der Künstler habe so *unbedingt* für die Kunst gelebt, so rücksichtslos aus dem Vollen, dass auch sein plötzliches Verschwinden nur konsequent wirke. Eventuell sei er ja abgetaucht? In Klausur? Nach Tibet? Zu den letzten arabischen Diktatoren? Um von dort mit einem prall geladenen Schatzkästlein neuer Stücke zurückzukehren? Irgendwann ebbte auch dies ab. Selbst Tenor und Storch wollten nichts mehr von uns wissen. Oder sie hatten ein Stück von Wurst gelesen und gaben sich nun keine Mühe mehr, den Verzapfer zu finden.

Meine Gedanken schweiften gar nicht mehr in Richtung Marvie. Unsere süße gemeinsame Latenzzeit verblasste schneller als eine billige Markise: Ende Juni wusste ich nicht mehr, was mich je oder ob mich überhaupt je etwas an Marvie interessiert, aufgeregt oder angezogen hatte. Sogar meine nächtliche Transpiration ließ nach und von Morgen zu Morgen fühlte ich mich weniger verschimmelt. Mendelssohn und ich stritten bereits um den Namen unserer Detektei. »Wir brauchen einen Künstlernamen! So etwas wie ›Detektei Fiat Lux‹. Oder ›Argus‹. Dagegen: ›Mendelssohn und Schlomo‹ – damit geht uns doch die ganze arische Klientel flöten!«

»Stimmt. Obwohl sich da gute Späße mit unseren Werbesprüchen machen ließen! Zum Beispiel: ›Irgendwas nicht koscher? WIR finden es heraus!‹ Oder: ›Ihr Leben droht zu zerbrechen? Jetzt nur keine jüdische Hast!‹«

Nach dem halbstündigen Lachkrampf stritten wir darüber, wer offiziell als Chef auftreten sollte. Ich führte zu meiner Eignung als Boss einer Detektei meine Sehkraft an. Mendelssohn meinte daraufhin, ich sei der Letzte, von dem er solch diskriminierende Argumente erwartet hätte. Ich kam ihm unhöflich: WER habe denn – obwohl anwesend – nicht identifizieren können, wer der Wurst droben im Abstellraum den Garaus gemacht hätte? »Das wäre mir nicht passiert!«, sagte ich unbarmherzig. Mendelssohn konterte, dass er immerhin GEHÖRT habe, dass da jemand letal zu Boden gegangen sei. Und hätte ich aus einem blickdichten Versteck heraus das Ganze verfolgen müssen, so hätte ich mit meinen harten Ohren doch noch nicht mal unterscheiden können, ob da ein Sack Reis oder ein minderwertiger Dichter umgefallen wäre! Und außerdem: Eine Detektei in bester Wohnlage falle nicht vom Himmel! »Und wer stellt denn hier die Büroräume? Wer stellt denn hier die gesamte Infrastruktur?«

»Und wer läuft denn gegen jedes Straßenschild! Und wer stolpert denn über jeden Bordstein!«

Wir einigten uns schließlich auf eine paritätische Doppelspitze: Ich die Augen, er die Ohren. Ich der Mann fürs Grobe, er für die mentale Feinmechanik. Ich der Motoriker, er der Immobilienbesitzer. Ich der coole dumme August im Trench, er der coole Hintermann ohne Durchblick. Und als Cromwell anmeldete, er wolle wegen beruflichen Überdrusses das pädagogische Handtuch werfen und bei uns mitmachen, hatten wir auch den perfekten Namen für unser Unternehmen: »Detektei Mendel & Partner«. Und dann kam auch wieder Leben in unsere gedeckelten Nachbarn.

Kapitel 23

beinhaltet eine Magnumflasche Pferdepisse
sowie den Niedergang einer sittenlosen Familie.

Katharina sprach bei Mendelssohn vor und lud uns alle zu einem Treffen. Die Familie hätte uns etwas zu sagen und es sei alles sehr, sehr traurig.

Was konnte jetzt noch traurig werden? Ein zusätzlicher Todesfall? Und was verstanden die Lövenichs überhaupt unter »Trauer«? Oder hatte Mendelssohn sich verhört, und es handelte sich darum, dass die Lövenichs uns »nicht mehr trauen« würden? Dass sie uns Mitwisser für ein Restrisiko hielten? Und dass sie uns Plaudertaschen ein Schweigegelübde abringen wollten? »Vielleicht wollen sie uns sogar verschwinden lassen!«, mutmaßte ich in plötzlicher Klarheit. Mendelssohn widersprach, aber ohne Überzeugung, eher pflichtbewusst: »Ach was! So viel Platz haben die nun auch nicht in ihrem Keller.«

»Wir sollten trotzdem vorsichtig sein, wenn sie uns was anbieten.«

»Obwohl ich sagen muss: Lebensmitteltechnisch vertraue ich einem Lövenich mit Giftschrank mehr als DIR.«

»Aber die Bagels waren doch spitze, oder?«

»Schon. Aber trotzdem hätten wir tot sein können!«

»Du bist doch eine unbeschreibliche Memme! Wollen wir wetten: Bei einem Erdbeben wirfst du dich erstmal schützend unter mich.«

Mendelssohn kicherte: »Gerade im Katastrophenfall muss man Prioritäten setzen können.«

Zum ersten Mal seit Beisetzung der Wurst betraten wir wieder die Villa Lövenich.

Schon das Foyer war kaum passierbar, die Lövenichs schienen das übliche Durcheinander auf die Spitze treiben zu wollen. Wir manövrierten uns zwischen Kisten, Kästen, prallen Mülltüten und auseinandergeschraubten Möbel hindurch. Katharina lotste uns in die Küche. »Nicht in den Garten. Wer weiß, wer da zuhört.« Oder wollten sie uns nicht an der öffentlichen Luft, sondern im Schutz ihrer vier Wände abmurksen?

Katharina musste etwa zwanzig Kilo abgenommen haben. Verhärmt schaute sie aus der schlackernden Wäsche, verhärmt und verzagt waren auch ihre Bewegungen. Laura dagegen schien Katharinas verlorene Kilo auf sich genommen zu haben. Ihr Gesicht glich dem zunehmenden Mond, und ihre Bewegungen waren langsam und bedrückt. Auch Ritchie und Marvie wirkten unkonzentriert, wie abwesend. Die ganze Familie schien aus dem Takt. Marvie umarmte mich zwar zur Begrüßung, aber die Drückerei war eine unangenehme Mischung aus Formalität und Erwürgen. Wir setzten uns. Dann raschelte und ploppte es in einer Küchenecke, und Alexa richtete sich auf. Aus einem unteren Schrank hatte sie Tupperschüsseln und Plastikbecher zutage gefördert. Wenigstens sie schien noch ganz die Alte: »Ja, grüß dich, Menachim!«, raunte sie mir zu. »Dass wir uns unter so schlimmen Umständen noch einmal wiedersehen!« Dann befüllte sie sorgfältig die Plastikbecher aus einer Magnumflasche Sekt. Mendelssohn und ich lehnten dankend ab. Es sei noch zu früh. »Arsen? Dauert zu lange«, dachte es in meinen detektivischen Hirnregionen. Die lahmen, phlegmatischen Geschwister tranken ihren Schaumwein in sich hinein und starrten aus dem Fenster oder auf den Tisch. Meine Ex-Marvie kratzte sich seufzend im Dekolletee. »Ich seh es wohl, doch sagt's mir nichts«, dachte es in meinen sexuellen Hirnregionen. Alexa brummelte vor sich hin: »So ein Unglück. Nein, so ein Unglück.«

»Ist ja gut!«, fuhr Katharina die barmende Antifaschistin an. »Wir haben das jetzt alle verstanden!« Und zu uns gewandt: »Kurz und schlecht: Wir sind bankrott. Irgendjemand hat irgendwie in Paps' Geschichten geschnüffelt. Und jetzt nehmen die uns unser Geld weg! Alles eingefroren! Alles ist hin! Aus. Wir sind fertig.«

Oh. Auf die Schnelle konnte ich mir die Lövenichs gar nicht ohne Finanzen vorstellen. Ohne Haus, ohne Apanage. Mit geregelter Arbeit, mit Sorgen. Mit einer Ahnung von Lohnknechtschaft, Gleitzeit und Ausbeutung. Also auf der anderen Seite des kapitalistischen Tresens. Sozusagen unter uns.

Daher wohl auch statt Champagner der billige Sekt-Verschnitt aus fünfzig EU-Staaten.

Ich goss mir einen Becher ein, und Mendelssohn und ich kondolierten, soweit uns die offiziellen Floskeln zu einer Insolvenz einfielen. »Und jetzt?«, fragte Mendelssohn.

»Jetzt müssen wir als Erstes aus dem Haus.« Sämtlichen Lövenichs stieg das Wasser vom Hals in die Augen. Schluchzende Laute. Waidwunde Blicke. Gequältes Schlucken seitens Alexa. »Es könnte sogar sein, dass Paps noch einen Nachschlag kriegt!«, heulte Laura auf.

»Aber, wohin zieht ihr denn jetzt?«, fragte ich. »Habt ihr schon eine Ahnung?«

Nun heulte auch Katharina: »Ich weiß gar nicht, was ich zuerst machen muss! Ich muss ständig zur Arge, wegen Hartz IV, wir müssen umziehen …«

Mendelssohn begann zu zappeln. Dann begriff ich: Er hatte Angst, dass die Lövenichs wegen einer vorübergehenden Unterkunft auf IHN kommen könnten. Immerhin hatten sie ja schon versucht, ihm eine Kellerleiche anzudrehen. Und gab es einen besseren Gastgeber als einen dünnen Single mit dicker Villa? Diesmal war ich aus dem Schneider, haha! Keine noch so kriminelle Familie käme auf die asoziale Idee, in meiner Einraumbutze Quartier zu machen! Ich war ja ausnahmsweise einmal fein raus, hähä! Manchmal lohnte es sich eben doch, dem Präkariat anzugehören!

»Eine Wohnung haben wir schon …«, heulte Katharina weiter, und Mendelssohn atmete geradezu unanständig erleichtert durch. »Kann man euch irgendwie helfen?«, fragte er, nun wieder ganz der teilnahmsvolle Nachbar. »Wohin zieht ihr denn?

»Nach Steilshoop«, sagte Ritchie und nun heulte Marvie laut auf.

Steilshoop also. Das war ja nun etwas ganz anderes als Harvestehude. Man könnte sagen: quasi das Gegenteil. Wenn Stadtviertel ein Gegenteil haben könnten. Ich überlegte, was wohl das Gegenteil von St. Pauli sein würde. Vatikanstadt? Nein, das konnte man bei den kirchlich-pädophilen Frequenzen heutzutage auch nicht mehr so sagen.

In das verweinte Schweigen hinein fragte Mendelssohn langsam: »Aber was wird jetzt aus eurer Leiche im Keller?«

»Genau!«, trompetete ich los. »Was wird jetzt aus …«

Katharina wischte ihren Sektbecher vom Tisch und rief: »Oh, ich Trampel! Entschuldigung, Entschuldigung!« Laura sah mich bitterböse an und rief: »Alexa! Hast du was abgekriegt? Soll ich Servietten holen?!« Und alles starrte auf Alexa. »Nein, nein! Ich bin okay! Aber was wird jetzt aus – was im Keller?«, fragte Alexa mit glasigem Blick. Mendelssohn und ich schämten uns um die Wette. Echte Geheimnisträger sehen anders aus. »Die Frage sollte lauten: Was wird jetzt aus … unseren Möbeln?!«, sprang Katharina ein. »Wir haben so viele Möbel! Allein im Keller haben wir noch zu viele Möbel! Wohin damit!?«

Mendelssohn (vorsichtig): »Ja, wohin damit? Wollt ihr sie im Keller lassen?«

Alexa (unschuldig): »Das müsst ihr mit den neuen Besitzern abmachen. Vielleicht wollen sie ja etwas davon behalten?«

Laura: »Das vermute ich mal nicht.«

Katharina: »Meint ihr, es wäre zu – zu – ungeschickt, den Keller einfach so zu lassen, wie er ist?«

Marvie: »Es wäre doch gut möglich, dass das niemandem auffällt.«

Alexa: »Aber Süßes, natürlich fällt das auf. Einen vollgestopften Keller bemerkt man doch!«

Katharina: »Und wenn wir nur das eine Ding drinlassen? Das eine dicke Ding?«

Ich sah vor mir eine zauberhafte Kleinfamilie mit zwei adretten, unschuldigen Blagen, und sie hielten einander an den Händen und schauten begeistert dabei zu, wie ihre polnische, unterbezahlte Perle teuren Weichspüler in die Öko-Maschine goss, und während oben die Wäschetrommel rotierte, rotierte ein paar Handbreit tiefer der empörte Wurstmann. Weil es statt Blumen und Elogen nur Vernell gab. Und statt weiterer schöner Literaturpreise lauter Kinderunterhosen mit Vollbremsung.

Ließ der Zement überhaupt eine Rotation im Grabe zu? Und: Konnte unser Dichter dort ordnungsgemäß in Verwesung übergehen? So allein in seinem anäroben Kämmerchen? Oder schnurrte er dörrend einfach nur zusammen? Und sah dann nach einhundert Jahren aus wie eine etwas korpulentere Bifi? Es gibt so viele Dinge, die unsereiner – obwohl durchaus auf dem Laufenden über Sarkophage, Würste und Betonkammern – nicht weiß.

»Der Keller ist okay!«, beschied Laura. »Es ist ein ganz normaler Keller mit einem ganz normalen Stellplatz für eine Waschmaschine. Und ich kann mir nicht vorstellen, dass ein neuer Besitzer groß was ändern würde. Oder meint ihr, der lässt das alles aufstemmen? Wozu sollte er?«

»Vielleicht will er den Raum ganz umbauen! Zum Partyraum. Oder Hobbykeller.«

»Und dafür bearbeitet er dann den Boden mit einem Presslufthammer? Unwahrscheinlich.«

»Man hat schon Pferde kotzen sehen. Vielleicht will er ja einen Atombunker bauen?«

»Anders gefragt: Wie hoch wäre dann unser Restrisiko? Für unseren dicken … Brennstab?«

Diesmal stellte ich mir japanische Arbeiter in löchrigen Schutzanzügen vor, die den Wurstmann erst sorgfältig freibohrten und ihn dann in einer Art Castor-Tupperware nach Asse II überführten. Seit ich am Containern bin, schätze ich die Firma Tupper. Sie gewährt auch den abgelaufensten Produkten noch mal ein bis zwei Wochen zusätzlicher Keimfreiheit. Führte diese wunderbare Firma aber auch Behälter für kontaminierte …

»Brennstäbe? Ihr habt Brennstäbe im Keller?« Alexa lachte herzlich ahnungslos auf.

»Tun wir mal so, als ob!«, sagte Katharina heftig. »Es gibt zwei Möglichkeiten: Entweder er bleibt in seinem Sarkophag, damit können wir leben. Oder jemand öffnet den Sarkophag, und dann sind wir dran.« Und die Lövenichs begannen von neuem zu weinen. Das Leben kann manchmal wirklich hart sein: Erst nehmen sie dir das schöne gestohlene Geld weg, und dann hast du auch noch atomare Scheiße am Schuh.

»Am besten wäre es, wenn wir den neuen Besitzer kennen würden! Mendelssohn! Willst du nicht oder kennst du nicht jemanden, der Interesse haben könnte?«

Mendelssohn runzelte die Stirn, als ginge er in Gedanken alle Millionäre seiner Bekanntschaft durch.

»Wir müssen im Lotto spielen und das Haus zurückkaufen!«

»Sehr realistisch.«

»Alexa! Alexa nimmt einen Kredit auf!«

Alexas Augen wurden noch eine Schattierung glasiger. Jedenfalls sah sie im Moment nur sehr entfernt nach Bonität aus: »Ich soll? Ja, was? Aber mein Haus ist doch noch gut! Warum … Hierher? Naja, ich meine – lustig wäre das schon … Und dann wären wir richtige Nachbarn, Yehudi!«

Meine Leber zuckte.

»Aber – nein. Nein. Ich will nicht umziehen. Und mein Haus ist ja noch gut. Blödsinn«, sabbelte sie und verabschiedete sich definitiv in die Flasche. Der Rest dachte nach und/oder weinte. Mendelssohn erhob sich schließlich, wir kondolierten noch ein wenig, wünschten noch weiterhin alles Gute; Marvie kam mit zur Tür, drückte erst Mendelssohn, dann mich, wobei ihr liebes Gesicht unter dem Tränenflor schimmerte wie in einem verdammten

Groschenroman. Das vom Weinen anmutig gerötete Näschen drückte sich in meinen Nacken, und aus Versehen landete meine Zunge an der ihren. Mendelssohn blickte stoisch. Zum Glück hörte er nichts von unserem überraschenden Ausrutscher, sondern erklärte noch einmal, dass das Leben trotz aller Widrigkeiten lebenswert sei, und im Schatten seiner Gemeinplätze, sozusagen in dem von ihm produzierten akustischen Séparée gingen Marvie und ich noch ein letztes Mal ineinander über. Dann wurde ich wahnsinnig und führte Mendelssohn nach Hause.

Kapitel 24

beobachtet einen bibelfesten Penner
mit enormer Transpiration.

An einem heißen Junitag spazierte ein Mann mit ekliger Brokatweste den Kiez auf und ab. Aus Abfalleimern fischte er leere Getränkedosen und ging damit zu Penny, um sie gegen volle einzutauschen. Die Hitze staute sich in seiner brokatenen Ein-Mann-Sauna. Und als er an der Davidwache vorbeikam, wurde er in die gute Verhörstube gebeten und mit gerümpfter Nase zu seinem Erscheinungsbild befragt. Der Mann konnte mit einer schlüssigen Erklärung aufwarten:

Die Anziehsachen habe er vor ewigen Zeiten in einer Mülltonne gefunden. Sicher habe er sich gewundert, warum ein Mensch solch wertvolles Gewand (man beachte nur diese Stickereien auf der Weste!) wegwerfe, aber die Überflussgesellschaft schmeiße ja dauernd gute Sachen weg, und irgendwann würde Gott das rächen; dann würde jeder Mitteleuropäer, der mit dem Pfunde gewuchert hätte, bestraft werden. Sei's mit Pest und Teuerung, sei's, dass die große Hure Hamburg gänzlich überflutet würde.

Sicher: Die Kleidung eigne sich nun gar nicht für einen heißen Sommertag, aber gestern Nacht hätte er furchtbar kotzen müssen, und dadurch sei seine übliche Garderobe verdorben. Daher trage er nun im Hochsommer dieses dicke, aber saubere Outfit aus. Und ob es dafür Finderlohn gäbe?

Kapitel 25

enthält den Sturz einer
gutsituierten Familie in die Hamburger Favelas
sowie ein final verhunztes Cabrio.

Wir saßen und ermittelten verdeckt. Verdeckt von Mendelssohns Jalousie beobachtete ich den Auszug der Lövenichs und teilte Mendelssohn alles Bemerkenswerte mit: »Laura schleppt einen Wäschekorb. Ich tippe auf Küchengerät.« Cromwell lag auf dem Sofa und schmökerte in einem »Praxisleitfaden für private und behördliche Observationen«. Ab und an kicherte er respektlos.

»Zum Einzug Salz und Brot,« sagte Mendelssohn. »Aber was bringt man den Nachbarn zum Auszug? Zucker und Zimt? Eine Nebenkostenrechnung aus Marzipan?«

Mir tat die Familie nun doch leid: »Vor einem halben

Jahr hätten sie noch ein Unternehmen bezahlt und ein paar stämmige Thorstens hätten ihnen ruckzuck die Wohnung ausgeräumt. Und jetzt wuchten Ritchie und Katharina im Schweiße ihres Angesichtes ein Bettgestell. Jetzt setzen sie es schon zum vierten Mal ab! Das Ding scheint massiv.«

»Vielleicht sollten wir ihnen helfen!«, sagte Mendelssohn lahm.

»Das schlägst du jetzt aber nur vor, weil du eh nicht mitträgst! Du ziehst deine Mister-Wichtig-Hose an und fährst höchstens mal mit einem Läppchen über ein Regal!«

»Ich kann auch nicht. Ich hab's im Kreuz«, log Cromwell. »Außerdem kenne ich die Leute ja kaum. Ich weiß von ihnen so gut wie nichts.«

»Außer, dass sie einen ermordet und verbuddelt haben«, stimmte ich zu.

»Aber DU!«, quälte mich Cromwell. »Als Ex-Verlobter müsstest du eigentlich ran! Ein letzter Liebesdienst!«

»Ich hab's auch im Kreuz.«

»Du hast's am Kopf.«

»Eben. Ich bin mehr der Mann fürs Ätherische. Ich komm ja nicht so vom Möbelpacken. Außerdem ist es schlechter Stil, der Ex bei ihrer Zwangsräumung zu helfen. Das hat irgendwie was Höhnisches.«

»Wie seid ihr denn jetzt verblieben?«

»Sie wollte Adressen tauschen.«

»Und? Hast du sie ihr gegeben?«

»Noch nicht. Ich weiß nicht. Ich fühl mich so – undeutlich.«

»Was bist du nur für ein entsetzlich feiges Schwein.«

»Und das sagt mir einer, der angeblich mal bei den Amish – He! Was kommt jetzt?«

Zu viert schleppten die Lövenichs eine lange, dicke Teppichrolle. »Was is? Was is?«, boxte mich Mendelssohn. »Sie tragen einen Teppich. Eine – Wurst von einem Teppich! Sieht aus wie ein riesiger Rollbraten. Theoretisch könnte da jemand drinnen stecken!«

Cromwell kam rasch ans Fenster: »Stimmt. Das könnte sein.«

»Wie sehen sie aus?«, fragte Mendelssohn aufgeregt. »Sehen sie aus, als wär's ein letztes Geleit? Haben sie was Verstohlenes? Oder Verdrucktes? Herrje, das sieht man Menschen doch an, ob sie einen Teppich tragen oder einen Kadaver entsorgen!«

»Das hättest du doch gehört, wenn sie ihn rausgehämmert hätten!«

»Vielleicht bin ich ja manchmal außer Haus! Sogar i c h bekomme nicht immer alles mit!«

Die Lövenichs hatten den verdächtigen Teppich in den gemieteten Transporter gewuchtet. Ritchie schloss hinter ihm die Türen. Die Mädchen trotteten erschöpft zurück ins Haus. Thorsten fuhr in einem gespenstisch schweigenden Cabrio vor und verschwand, ohne nach rechts und links zu sehen, im Haus der Plumpskuh. Die Schwestern erschienen wieder in ihrer ehemaligen Haustür. Katharina schloss ab. Marvie trug ein gelbes Kleidchen. Dann bestiegen die Frauen, eine nach der anderen, das hohe Führerhäuschen des Möbelwagens, als wär's ein Schafott. Ritchie setzte sich ans Steuer. Der Motor röhrte auf, die

Gangschaltung krachte, das Schafott machte einen Sprung nach vorne, in Thorstens Cabrio hinein. Das Cabrio schrie grässlich auf. Ritchie setzte zurück, und die Familie Lövenich holperte aus unserem Blickfeld.

Thorsten kam herausgerannt. Er stand nur da. Offenbar hatte er keine Tränen mehr.

Farewell, meine liebe Marvie!

Und das nächste Mal bitte mit etwas mehr Gewissen.

Oder Skrupel. Oder Moral.

Das unterscheidet schließlich den Menschen vom Tier.

Oder vom Waffeleisen.

Oder vom Turnbeutel.